SV

Gyrðir Elíasson
Das Schlafrad

Roman

Aus dem Isländischen von
Gert Kreutzer

Suhrkamp

Titel der Originalausgabe: Svefnhjólið

Erste Auflage 1996

Umschlagentwurf: Regina Göllner
Satz und Druck: Friedrich Pustet, Regensburg
Printed in Germany

Herausgegeben
mit moralischer Unterstützung
des Dunkelangstfonds

I

1 **Mit dem Schlüssel** meines alten Papas öffne ich die Tür. Sie hat sich während des Winters verzogen und klemmt, und als ich in das kleine Sommerhaus eintrete, stoße ich auf Massen toter Fliegen. Es liegt eine Schwere in der Luft, die Ahnung eines schattenhaften Lebens, das sich im Schlafzimmer dahinter breitmacht, aber ich bin ja nicht hierhergekommen, um schlimmen Vorahnungen nachzuspüren.
Die elektrischen Heizkörper sind kälter als Marmor, und mit dem Hahn, der das Haus mit Wasser versorgt, ist etwas nicht in Ordnung.
Das Motorrad steht in der Nähe der Veranda, voller Lehmspritzer von der Reise. Es ist ein merkwürdiges Gefühl, ganz allein in so ein Sommerhaus zu kommen, mit dem abgenutzten Koffer und einer Kolibri-Schreibmaschine in schwarzer Schutzhülle.
Unten murrt und knurrt das Meer, und als ich die Fensterläden öffne, kommt es mir vor, als sähe ich in weiter Ferne auf der grauen Wasserfläche zwei Augen, die mich anstarren. Ein ziemlich unangenehmes Gefühl, aber dann zucke ich nur mit den Achseln und denke mir, es ist bloß ein Seehund, einer von diesen alten Ägyptern, die es hier oben in den Nordmeeren umhertreibt.
Das blaugestrichene Häuschen reiht sich ein in die Wohnhäuser am Meeresstrand, und einen Steinwurf

von der Landzunge entfernt ragt eine von der Brandung beschädigte Betonmole ins Meer. Der Pfarrer wohnt in dem Haus, das unmittelbar an meine Hütte grenzt. Es ist ein zweigeschossiges Gebäude, und die Fenster im oberen Stock sind wie geschaffen zum Sternebeobachten. Der Pfarrer ist mager wie eine Wäschestange, an die siebzig, versteht sich aufs Dichten. Es wird Spaß machen, mit ihm über den Maschendraht hinweg zu plaudern, wenn er frühmorgens herauskommt, um Wäsche aufzuhängen. Ich lese dann in einer alten Schwarte auf der Veranda, und der Pfarrer nimmt eine Wäscheklammer aus dem Mund und ruft zu mir herüber:
»Liest du schon wieder diesen verdammten Homer?«
»Nein.« Ich stehe auf und gehe zum Zaun, lasse die »Odyssee« zurück.
Das Haus auf der anderen Seite steht meistens leer, aber manchmal ist da ein Seemann mit einem großen, gelben Schiffshund und schickt Rauchkringel durch den Schornstein hinauf wie als Signal, daß er zurück ist. In seinem Garten steht hohes Gras und eine sorgfältig gestrichene Fahnenstange, die im rauhen Herbstwetter mehr als einmal auf das niedrige Dach herabfällt, wenn der Wind von den Bergpässen weht, Blitzattacken gegen das Dorf fliegt wie ein unsichtbarer Adler, es aber nicht mit den Krallen packt, sondern seine Klauen hineinschlägt. Vorletztes Jahr spazierte ich einmal in einer hellen Mittsommernacht mit einer Whiskyflasche zum See-

mann hinüber. Er war gerade wach, nippte an seinem Wodka und brachte seinem Hund das Laufen auf den Hinterpfoten bei. Der Hund kam mit hängender Zunge über den Holzfußboden zu mir gewackelt, und ich streichelte ihm zärtlich den Kopf.

Jetzt habe ich die Fensterläden geöffnet und gehe hinein, um mir den ersten Kaffee des Sommers in dieser Wohnung zu kochen. Ich rechne damit, daß sich ein Schimmelbelag in der Kaffeedose gebildet hat, und es ist natürlich verrückt, einen Aufguß von uraltem Kaffeepulver trinken zu wollen, aber der Laden unten hat noch bis morgen früh geschlossen. Hier ist am Wochenende überhaupt alles geschlossen, sogar die Kirche.

Allmählich werden die Marmorelemente warm, und der Verdacht, es könnte hier ein Schlafzimmergespenst geben, verflüchtigt sich. Die Fliegen kauern sich zusammen und tun einen langen Schlaf im Staubsaugerbeutel.

2 **In der Nacht** erwache ich von einem Kratzen am Fenster und stehe auf, um hinauszusehen. Vom Meer her hört man ein Dröhnen, ich ziehe die Gardine zur Seite – da bietet sich mir ein unvergeßlicher Anblick. Vor dem Haus steht ein merkwürdig schuppiges, mit Muscheln bedecktes Seeungeheuer und niest oder schnaubt durchs Fenster hinein. Es ist ein Wesen von der Größe eines unterernährten Nashorns, und ich achte besonders auf die Augen: Sie haben einen so schrecklich flehenden Ausdruck. Einen Augenblick lang habe ich die Idee, ich sollte ihm einen Keks holen, aber dann werde ich auf einmal ziemlich ängstlich und greife nach einem der Seeigel, die auf dem Nachttisch liegen und die Papa letzten Sommer gesammelt hat. Diesen Seeigel stecke ich durch das offene Fenster und zwischen die Kiefer des Ungeheuers. Das beginnt zu kauen, aber dann niest es plötzlich wieder, ich kann meine Hand nicht schnell genug zurückziehen und bekomme stachligen Schleim auf meinen Handrücken. Dann bumst das Tier mit seinem Hinterteil an den Schuppen, daß der Giebel wackelt, geht dann im Nebel wieder hinunter zum Meeresufer, es sieht einsam aus, und ich glaube, ein leises Weinen zu hören.

Ich kann schlecht wieder einschlafen, mache neben mir die Lampe an, greife nach der »Odyssee« und lese eine Weile von den schluchzenden Helden. Lege das Buch weg und habe plötzlich das Gefühl, jen-

seits der Welt zu sein, mit einem schweren, dunklen Vorhang dazwischen.
Als ich eingeschlafen bin, träume ich von einem Pferd mit Flügeln und einer Sonnenbrille.
Am Morgen darauf, nach einer Tasse Kaffee, gehe ich hinaus auf den Rasen, um nachzusehen, ob vielleicht Spuren hinunter zum Meer führen, entdecke aber nichts, außer undeutlichen Tritten um einen Wäschepfahl herum. Da kommt der Pfarrer im schwarzen Anzug auf seinen Rasen heraus, wendet sich mit feierlicher Miene dem großen Esso-Öltank neben dem Konsum zu und bekreuzigt sich. Von diesem Tank aus hat man einen guten Blick auf all die merkwürdigen Bergformationen, die den Fjord umschließen.
»Ich bin heute nacht von einem Seeungeheuer am Fenster aufgewacht«, sagte ich zum Pfarrer. Er schlug seine Pfeife an einem Pfahl aus, verzog keine Miene, stopfte und zündete sie an, und jetzt erinnerte er an einen schlanken schwarzen Schornstein auf einem unterirdischen Haus, als er so dastand und der Rauch von ihm in die Höhe stieg. Er antwortete zögernd nach einer Weile: »Das war wohl die Kuh vom Ásgrímur hier unten am Strand, sie hat Schlafstörungen und so einen merkwürdigen Schorf an der Lende.«
»Das war verdammt noch mal keine Kuh«, rutschte es aus mir heraus, aber dann nahm ich mich zusammen und wiederholte: »Das war keine Kuh.«

Da ruft die Frau des Pfarrers mit freundlicher Stimme nach ihm; er möchte doch zum Abwaschen hineinkommen, und wir verabschieden uns, er geht ins Haus und ich hinunter zum Konsum. Ich grüße die Schirmmützenmänner auf dem Vorplatz und den Hund, der dösend auf der Schwelle liegt.
Drinnen riecht es wie immer nach Farbe, Äpfeln, Stockfisch und Rosinen. Ich kaufe neuen Kaffee und was man sonst so braucht, um für eine begrenzte Zeit einen Haushalt an einem neuen Ort einzurichten. Dann gehe ich wieder nach Hause. Es sieht mir nicht danach aus, als wolle es aufklaren, und ich habe keine Lust, mich in diesem feuchten Nebel draußen herumzutreiben, denke, es ist auch gar nicht ungefährlich, wenn eine Welle herangerollt kommt und keiner weiß, was sich darin versteckt. Vielleicht plantscht ja hier irgendwo eine schlaflose Kuh herum. Und der Strand ist bedeckt von kantigen, kohlschwarzen Felsbrocken, bewachsen mit glitschigem Tang, der aussieht, als würde er herumtasten, wenn ihn das Meer überrollt.
Als der Tag sich dem Ende neigt, mache ich doch zum Schein einen Spaziergang durch das Dorf, zwischen gelben und lila Häusern, ein Teil von ihnen mit Luken vor den Dachfenstern, an Tagen mit gutem Wetter kann man alte Männer beobachten, die das Wellblech festnageln, das sich beim letzten Unwetter gelöst hat, sie haben Feldstecher dabei und halten Ausschau nach Booten oder Rentieren

auf den Bergen. Ich habe eine gelbe Regenjacke an, und es hat angefangen zu regnen, ich kann einfach nicht anders und hoffe, daß einige Dächer ein wenig undicht sind.
Ich treffe eine ältere Frau mit Kinderwagen, sie hält an und begrüßt mich, und wir plaudern eine Weile miteinander über die Sonne und die Fische, dann ist sie fort, in den Nieselregen verschwunden mit ihrem schlafenden Enkelkind.

3 **Eine helle Sommernacht,** aber nicht still, denn man hört dumpfes Motorengedröhn von der Festhalle her, vor der sich eine lärmende Menschenmenge drängt.
Ich bin mit einem grünen Segeltuchhut hergekommen und habe mir eine Whiskyflasche in die Manteltasche gesteckt, schlendere lässig auf die kleine Brücke über den Bach zu. Am Weg stehen halbschlafende und ein wenig staubige Butterblumen, und als mein Blick auf die Wiese oberhalb des Dorfes fällt, ist es, als läge ein Glanz auf ihnen, und man sieht für einen Augenblick die Flügel eines einzelnen Schmetterlings in der Ferne aufblinken. Ich spucke von der Brücke in den Bach hinunter, gehe weiter, biege bei den Benzintanks neben dem Konsumladen um die Ecke. Es sind altmodische Tanks, und da es hier üblich ist, nach den Tanzfesten Benzin zu steh-

len, steht der Ladeninhaber jetzt hinter Gummistiefeln und Royalpuddings und späht ab und zu hinaus.
Als ich auf dem Platz ankomme, sind die Männer schon ganz schön betrunken und haben angefangen zu grölen. Aus der leichtgebauten Festhalle dringen schräge Harmonikatöne heraus und kriechen den Leuten draußen in die Ohren. Schnell fühle ich mich noch ausgeschlossener und einsamer in dieser Menschenmenge als in den ersten Tagen nach meiner Ankunft in der Hütte. Zuerst würdigt mich niemand eines Blickes, dann ruft einer mit heiserer Stimme, hier sei ein Schriftsteller gekommen und es sei besser, das Maul zu halten. Es folgt ein Gelächter, was mich ziemlich unangenehm berührt, aber dann denke ich an die Wale in Trékyllisvík, und schon geht es mir besser. Ich sehe mich um, ziehe aus der Tasche grotesk harmlose Vampirzähne aus weißem Plastik, setze sie mir ein und schneide vor dem Nächststehenden eine Grimasse.
»Gibt es hier auch schon Klapperschlangen?« höre ich jemanden neben mir fragen. Ich nehme einen ordentlichen Schluck aus der Whiskyflasche, ziehe den Hut über die Augen und zwänge mich durch die Tür. Der Harmonikaspieler ist ganz schön in Fahrt und malträtiert sein Instrument. Ich erinnere mich, von seinem Lastwagen gehört zu haben und von dem jungen Seehund, den er in der Badewanne aufzog und zur Straßenarbeit mitnahm, als er herange-

wachsen war, und manchmal schlief der Seehund auf dem Vordersitz des Lastwagens und war sehr sauer, wenn man ihn weckte, biß dann blind um sich, kurzhaarig und fett.

Düsternis drinnen, ich ahne Gruppen dunkelgekleideter Wesen, sie kommen mir vor wie Traumgestalten. Starker Alkoholdunst in der Luft, und unter den Tischen biergefüllte Plastik-Brauseflaschen.

An einem Tisch in der Nähe der Tür sehe ich die Wange eines Mädchens, das sofort mein Interesse gefangennimmt, sie trägt ein blaues Kleid, ist schwarzhaarig, mit feinen Gesichtszügen. Ich wende mich ihr zu und lächle sie an.

»Das sind aber häßliche Vampirzähne«, ruft sie durch Harmonikaklang und Tanzlärm.

»Ich bin auf dem Weg hinauf zum Friedhof«, sage ich. »Willst du mir Gesellschaft leisten?«

Sie schüttelt sich.

»Nein, danke.«

»Wie du meinst, du hast ja keine Ahnung, wie bequem die Särge da oben sind«, sage ich mitleidsvoll und wende mich ab, schlendere hinaus. Ein paar Jungen kommen mit einem Rind am Halfter herangelaufen, als ich durch die Tür gehe. Es ist ein großer Stier, dem die Bösartigkeit anzusehen ist, es ist aber auch etwas Trauriges in seinen Augen, etwas ebenso Flehendes wie bei dem Seeungeheuer, etwas, das sagt: »Hilfe, ich bin so schrecklich böse!«

Schwarzblau schimmert der riesige Körper, nur ein

weißer Fleck auf der Stirn. Die Hörner wirken unscheinbar. Die Jungen halten das Tier zwischen sich, zerren an den Seilen, die am Nasenring befestigt sind. Der Stier sträubt sich, die Seile sind straff gespannt, und ich empfinde erneut Sympathie mit ihm, doch dann befreit er sich aus dem Halfter und stürmt davon, genau dahin, wohin er wollte: zum Eingang der Festhalle. Vielleicht glaubt er, darin sei ein schöner Stall mit Kühen in sauber gefegten Boxen. Ich bin am Fuße der Treppe angekommen, der Bulle brüllt und schnaubt, läuft durch die Tür, daß es in den Rahmen knarrt, und jetzt fängt drinnen das Schreien und Tosen an. Ich kann solchen Lärm nicht ertragen.

Nächtliches Dämmerlicht hüllt alles ein, ich schlendere in der frischen Luft den Schotterweg hinauf zu den Gräbern.

»He!« höre ich jemanden nach mir rufen. Ein Mann von schätzungsweise sechzig Jahren läuft schwankend hinter mir her.

»Wohin gehst du?« fragt er, nach Atem ringend.

»Auf den Friedhof. Das ist doch wohl der Weg dahin«, sage ich.

»Laß mich mitkommen. Ich habe dort meine Frau.«

»Mein Beileid«, sage ich.

»Du bist im vorletzten Jahr auch schon hiergewesen«, sagt der Mann.

»Ja«, bestätige ich.

Er lächelt traurig. Grauhaarig, mit einem feinmaschigen Netz von Falten um seine wasserblauen Augen, er könnte ein Seemann sein oder ein Komiker oder beides.

»Sie ist voriges Jahr diesen Weg entlanggekommen«, sagt er dann. »Sie haben den Sarg hier am Hang fallen gelassen.«

Wir gingen schweigend an dem Stein vorbei, in dem die Elfen wohnen, er ist mit einer Art Elfenmoos bewachsen, es sind aber kahle Flecken auf ihm entstanden, und sie müßten die Außenfläche einmal in Ordnung bringen.

Das Tor quietscht in den Angeln, als wir uns hindurchzwängen. Der Friedhof ist schön im hellen Dämmerlicht, unter hohem Gras versunken, die Sense hat nur die Menschen getroffen. Gewöhnlich mäht der Pfarrer hier selbst, aber das Wetter war lange trocken, und da geht die Wäsche vor. Er hat die Wäscheklammern den ganzen Sommer über kaum aus der Hand legen können.

Ein wenig oberhalb schlummern die felsigen Berge, in warmem Dunkel, fast in Umarmung, jetzt überhaupt nicht unheimlich wie im Herbst, wenn die Stürme aus ihren Klüften toben und alle Fenster einschlagen wollen.

Der Mann tritt an eines der Gräber, streicht über das dichte Gras, als streichelte er ein zahmes Tier, und murmelt: »So, so.«

Ich wende mich ab. Leere die Flasche. Es stellt sich heraus, daß der Witwer eine fast noch volle

Schnapsflasche hat. Wir setzen uns auf den Grabhügel, in Frieden und Freundschaft, glücklich und zufrieden, glücklichzufrieden, singen vor uns hin, stimmen der Frau ein Lied an, und unser Gesang klingt durch die Sommernacht, mischt sich mit dem Summen des Kraftwerks und den Geräuschen vom Dorf her.

»Sie war eine gute Frau. Eine solche Frau findet man nicht an jeder Ecke«, sagt der Mann. »Sie war schrecklich neugierig auf Friedhöfe, wo sie auch hinkam. Jetzt hat sich diese Neugier gelegt.«

Gleich hinter dem Friedhof liegt der Flugplatz, kurz und breit, wie mit einem großen, groben Bleistift in den Sand geritzt; ein Strich. In den herbstlichen Regengüssen bleiben die Flugzeuge da im Kies hängen und wollen sich losreißen, schlagen mit ihren Metallflügeln auf den Fliegenfänger ...

Wir gehen zurück zum Tanzlokal, der Mann schiebt eine Schubkarre, die er ohne zu fragen vom Friedhof mitgenommen hat, und er hat die Flasche auf der Karre, das Glas scheppert gegen die Seiten. Der Stier ist weg, der Ball zu Ende, die Männer torkeln über den Platz. Da sehe ich das Mädchen wieder. Sie steht an der Ecke, als warte sie auf jemanden, zieht die Schultern ein, ohne Mantel. Ich gehe auf sie zu, zum zweiten Mal in dieser Nacht, nehme nun endlich meine Vampirzähne heraus, ziehe die Jacke aus, lege sie ihr vorsichtig über die Schultern, beuge mich vor und küsse sie auf den Mund. Ehe ich mich versehe,

schmiegt sie sich an mich, und wir gehen hinunter in den alten Teil des Dorfes. Die Straße führt unmittelbar am Meeresufer vorbei, hier fahren die betrunkenen Männer mit Vollgas entlang, und es ist ein wahres Wunder, daß noch niemand auf den steinigen Strand hinuntergestürzt ist, die Hände um das Steuer geklammert und die Reise ins Jenseits vor Augen.
In den Kriegsjahren explodierte eine Mine hier an den Klippen. Alle hatten sich im Keller der Schule versammelt und warteten schweigend in angstvoller Spannung auf die Explosion, und als endlich der Knall die Siedlung erschütterte, sagte jemand mit trauriger Stimme in die Kohlenstaubluft dort im Keller: »So furzen die Wale.«
Wir gingen die Straße entlang, das Mädchen in der Jacke, ich mit Pullover und Hut. Blieben bei einem kleinen rotbraunen Haus stehen, das in mir den Gedanken an Pfefferkuchen und Rhabarbergelee wachrief. Und darin war ein blaues Bett und ein Schaukelstuhl –

4 **Ich sitze** eines schönen Tages in meinem eigenen Schaukelstuhl auf der Veranda des blauen Hauses. Strahlende Sonne, so daß das Wohnviertel im warmen Dunst flimmert. Ich lese immer noch Homer. Plötzlich kommt ein blondes Mädchen zu mir auf die Veranda herauf, vielleicht fünf Jahre alt.

»Hallo!«

»Hallo«, antworte ich, widerwillig vom Buch aufsehend.

»Du hast ein komisches Motorrad«, sagt sie.

»Findest du?«

»Meine Schwester hat einen Weisheitszahn, der hat drei Spitzen wie drei Zähne.«

»Hat sie dich dann nicht gebissen?« frage ich.

»Nee. Sie beißt nur, wenn sie sehr müde ist.«

Ich streichele ihr übers Haar, unendlich sanft. Dann ist die Kleine verschwunden, über den Grasstreifen zwischen den Nachbarhäusern hinauf und hinein in die zweigeschossige Bruchbude ganz oben im Dorf. Hinter diesem Haus steht ein Rodelschlitten, einsam und verlassen in der glühenden Sommersonne. Die Luft ist schrecklich schwül, wenn man nach ihr greift, bleiben die Finger fast kleben. Jetzt nehme ich die Sonnenbrille ab und sehe in den Feuerball.

Der Mittag naht.

Jenseits des Fjordes sieht man die bunten Berge aus hellem Lavagestein, nur ein vereinzelter Buckel aus anderem Gestein ragt aus den Geröllhängen. Jenseits dieser Berge sind Buchten, an denen niemand mehr wohnt. Ich hatte schon lange den Wunsch, einmal dorthin zu kommen, aber im vorletzten Jahr ist nichts daraus geworden.

»Das ist ein verzaubertes Land«, pflegte mein alter Papa zu sagen.

In den Herbstnächten wälzen sich die Gespenster

über die Pässe, hinunter zum Dorf, im Gefolge des wabernden Nebels. Sie stellen sich in Schlachtreihe auf der alten Steinbrücke über dem Fjordfluß auf, und es ist nicht gut, ihnen im Dunkeln zu begegnen. Heute bin ich nicht zum Schreiben aufgelegt, ich fühle eine Unruhe in mir und kann mich nicht so recht für die Schreibmaschine erwärmen.
Augenblicklich entschließe ich mich, eine der Buchten aufzusuchen, und zwar die nächstliegende.
In den Rucksack stopfe ich die Dinge, die ich für den Ausflug brauche: eine Thermoskanne mit Pulverkaffee, eine Tütensuppe, Stockfisch, Blockschokolade, und einen kleinen Hammer packe ich auch ein und hoffe, daß er die Kanne nicht zerschlägt. Ich habe gehört, in der Bucht gebe es eine Hütte für Schiffbrüchige, und darin einen Kessel und Töpfe, einen Gaskocher.
Der Helm wandert grünschimmernd auf den Kopf, und ich sause los durch das Dorf auf meinem blauen Motorrad, einer Suzuki TS 400. Brumm. Hahnenfuß und Löwenzahn stehen in den Gärten und auf den Wiesen in voller Blüte, die Häuser leuchtendgelb und violett, Hühner purzeln hier und da über die Straße, ein Fahrrad liegt am Wegesrand, ein Hund schlabbert aus einem Abwassergraben in der Nähe der Grassodenhütte. Und da steht das Haus mit dem Schaukelstuhl und dem blauen Bett darin. Gardinen sind vor das Fenster gezogen. Das Mädchen habe ich seit jener Nacht nicht wieder-

gesehen. Ich hatte sie nicht einmal nach dem Namen gefragt. Ich hoffe, sie ist nicht weggegangen. In Gedanken küsse ich sie, während ich vorbeisause.

Das Dorf verschwindet hinter einer Anhöhe aus dem Rückspiegel, die Gespensterbrücke taucht weiter vorne auf, ich sehe vor mir, wie sie dichtgedrängt auf der Brücke stehen, sich ausruhen vor der letzten Etappe, Beschwörungsformeln murmeln und mit düsterer Miene ins Dunkle starren, zum Meer, und wie sie dem schweren und saugenden Rauschen der Brandung lauschen. Dann gleiten sie wieder fort und schalten dem Dorf den Strom aus.

Den Berghang hinauf führen Traktorspuren, ich lasse das Motorrad wie einen Teufel durch unzählige Kurven hinaufrasen, dieser 33-PS-Maschine macht so eine kleine Steigung nichts aus. Schneller als gedacht bin ich oben auf dem Paß. Ich halte an und steige ab.

Tiefe Stille hier oben.

Es brummt und rauscht in meinen Ohren. Mir erscheint das Bild einer Allmacht vor Augen als ein dröhnendes, durchsichtiges Kraftwerk hinter den sieben Bergen, aber ich wische es fort, nehme einen scharfkantigen Basaltbrocken und werfe ihn, so daß alles Glas des Kraftwerks zerbricht. Aber das Dröhnen im Kopf hält an.

Der große Felsen, unter den ich mich setze, heißt Zufluchtsstein. Es tut gut, ihn zu streicheln, er ist warm vom Sonnenschein, rauh, wie es Gürteltiere sein sollen, blickt stumm und ruhig hinunter ins Tal und auf die See hinaus.

»Du bist stumm wie ein Stein«, sage ich zu ihm.

Um den Felsen herum wachsen einige Pflanzen, darunter Blumen, deren Namen ich nicht kenne, ich pflücke eine davon und vertreibe mir die Zeit damit, ihr die Blütenblätter auszuzupfen, ohne jedoch zu sagen sieliebtmichsieliebtmichnicht –

Dann öffne ich meinen Rucksack und trinke Kaffee, direkt aus der Kanne. Eine erquickende Pause; erholt stehe ich auf, blicke empor in den blauen Himmel und atme tief durch.

Ich starte das Motorrad und kämpfe mich erneut durch die Traktorspuren nach oben. Die Bucht breitet sich vor mir aus, als ich auf die Paßhöhe komme. Mir kommt der Gedanke, ich sollte besser nicht hinunterfahren, denn sogar am hellichten Tag machen Gespenster mir angst. Obwohl ich nicht weiß, wo sie sich bei diesem Licht verstecken könnten, nirgends sieht man einen Unterschlupf für Dunkelwesen.

Mit der frischen Meeresbrise weht der Duft von Heidekraut herauf und mischt sich mit den Auspuffgasen meines Zweitakters. Mitten auf dem Weg zur Bucht hin kommt mir ein Rentier entgegen, torkelnd und zerstreut, denn es nimmt mich kaum wahr, trotz des Motorenlärms. Es heißt, daß sie manchmal in ganzen Gruppen hier auftauchen, aber dieses Rentiermännchen ist offensichtlich ein Einzelgänger, vielleicht ein Geächteter. Ich denke darüber nach, wie merkwürdig es sein muß, ein so verzweigtes Geweih zu haben, wie Baumäste aus dem Kopf ragend, und manchmal muß es traurig sein, allein unten an der Bucht zu stehen, wenn es Abend wird, in Sprühregen und Halbdunkel, nicht weit von den verfallenen Höfen entfernt, wenn die Hörner weich und zu Fühlern geworden sind.

Wir begegnen uns, ich fahre langsam, lasse den Motor im ersten Gang laufen; das kommt dem Rentier so merkwürdig vor, daß es sich entschließt, hinter mir her zu trotten, den Pfad hinunter, wie ein riesiger Grauhund mit Hörnern. Es geht mir auf die Nerven, das Tier ständig im Rückspiegel zu sehen, schnelleres Fahren ist aber auch nicht ratsam wegen der vielen Kurven, die der Weg macht, ich rufe ihm zu: »Du bist bei mir in schlechter Gesellschaft, mein Bester!«

Ich halte abrupt an, greife in den Rucksack auf dem Gepäckträger und hole einen Hammer hervor. Ich gehe zu einem Stein am Wegrand. Das Ren bleibt währenddessen in einem gewissen Abstand stehen, etwas außer Atem. Ich schlage mit dem Hammer auf den Stein, daß die Funken fliegen. Der Knall gibt ein Echo. Das reicht, um das Ren zu verscheuchen. Ich beobachte, wie sich die spitzen Hörner entfernen.

Es ist lange her, daß Kinder hier bei dem alten Hof auf der Wiese gespielt haben, und damals sahen die

Gebäude noch anders aus. Jetzt sind sie zusammengefallen. Hier ist der Unterschlupf für das Dunkelvolk an Sommertagen.
Ich hatte die Thermoskanne an dem schweigsamen Felsen oben am Paß fast ausgetrunken und öffne nun die Tür der Hütte unten am Flußufer, um dort neuen Kaffee zu kochen. Diese Hütte ist sowohl für Wanderer wie für Schiffbrüchige vorgesehen. Innen riecht es nach Schaffellen. Alles ist sehr gemütlich, und ich habe keine Probleme mit dem Gasherd, das Wasser kocht, der Wollgeruch weicht den durchsichtigen, blinden Kaffeeschlangen, die sich in alle Ecken ringeln.
Als ich Kaffee getrunken und den Proviant verzehrt habe, gehe ich hinunter auf den Sandstrand. Ziehe die Schuhe und Socken aus und wate in den eiskalten Fluß, ärgere mich, daß ich keine Angel mitgenommen habe, um sie nach Fischen auszuwerfen. Gleich oberhalb der Furt ist ein tiefer, blaugrüner Kolk mit unterspülten Ufern.
Der Sandstrand dunkel und gewaltig breit, darüber Flügelrauschen und ständiges Vogelgeschrei. Diese Vögel scheinen alle zu wissen, wohin sie ziehen, sie fliegen mit sicheren Flügelschlägen, nachdenklich, trotz ihrer kleinen Köpfe.
Meeresrauschen.
Ich laufe über den Sand, habe die Schuhe wieder angezogen, ein Urmenschengefühl ergreift mich. Ich gehe ganz hinab zum Wasser, beobachte, wie die

Woge in sich zusammenfällt. Ich fühle, daß es mir nur einen Augenblick lang gelingt, einen tieferen Blick in mein eigenes Inneres zu werfen, als die Wassertiefe die schweren, sonnenweißen Augenlider schließt.
Etwas weiter ist ein Rasenhügel auf dem Sand, dorthin gehe ich.
Plötzlich ist mir, als sei es dunkel geworden.
Das Summen in meinen Ohren wird lauter und geht über in Hammerschläge auf einem Amboß.

5 **Dort liegt** ein Toter.
Er ist offensichtlich aus der Meerestiefe gekommen, mit Tang umhüllt. Ich schreie gequält in die Brandung: »Nein!« Dann mache ich auf den Hacken kehrt, laufe fort, zurück. Mir wird schlecht, aber ich bleibe nicht stehen, stürze blind weiter, keuche, hetze durch den Fluß, mit Wasser um mich spritzend, laufe klatschnaß an der Hütte vorbei, ohne Rucksack oder Helm mitzunehmen, springe aufs Motorrad und brause den Berg hinauf.
Ich komme mit heiler Haut zum Dorf, trotz der riskanten Fahrt. Kreidebleich berichte ich von dem Toten in der Bucht gleich im ersten Haus, das ich erreiche.
Mir wird schwarz vor Augen.
Dann fahre ich langsam zu dem rotbraunen Haus

mit dem Schaukelstuhl und dem blauen Bett, lasse das Motorrad neben dem Gitterzaun auf dem Ständer einrasten.
Klopfe mit zitternder Hand.

6 **Es öffnete** eine alte, grauhaarige Frau mit gütigen Augen. Sie hatte ein geblümtes Kleid an.
»Ist die –?« fing ich an, aber verstummte. Mir fiel der Name nicht ein.
Die alte Frau sah mich fest an.
»Nein«, sagte sie. »Ist sie nicht. Sie ist verschwunden und kommt nicht zurück. Ich war die ...«
Sie nieste vornehm.
»Gesundheit«, stöhnte ich hervor. Über mich senkte sich eine schwere Traurigkeit, ich ließ mich der alten Frau dort in der Tür in die Arme fallen, umarmte sie und schluchzte an ihrer Schulter, sie aber gab mir ein Taschentuch aus ihrer Kleidertasche, mit Sonnenblumenmuster. Ich trocknete mir die Augen, und im selben Augenblick wurden das Mädchen und der Tote aus meinen Gedanken gelöscht, und ganz allmählich hörten die Tränen auf zu fließen, ich trocknete mir noch einmal die Lider und es wurde wieder hell um mich herum, die Dunkelheit wich, die Sonne hatte wieder für lange Zeit die Herrschaft am Himmel. Meine Füße waren noch nicht wieder trocken vom Lauf durch den Fluß.

Ich küßte die alte Frau lange auf die runzligen Wangen, gab ihr das Taschentuch zurück und entfernte mich durch das verzierte Eisentor.
»Wir sehen uns nie wieder«, flüsterte die alte Frau und fügte hinzu: »Mein Junge.«
Dann nieste sie wieder und schloß langsam die Tür. Die Auspuffgase des Zweitakters stiegen in die Luft wie erfrischender Blütenduft und füllten mir die Sinne. Ich fuhr ohne Kopfbedeckung heim in mein schornsteinloses, blaues Häuschen, alle Traurigkeit war verflogen, alle Angst, ich bekam einen unstillbaren Schluckauf und hätte beinahe eine graugestreifte Katze überfahren.
In meinen Gedanken waren die Leiche und das verschwundene Mädchen nur noch ferne, dunkle Märchen. Dann fielen mir der Rucksack und der Motorradhelm in der Hütte ein, aber ich hatte nicht vor, diese Sachen zu holen, die konnten die Herbstwanderer haben, und auch den Hammer im Rucksack, den ich mitgenommen hatte, um kleine Steine zu zerschlagen und nachzusehen, ob in ihrem Inneren ein besonderes, glänzendes Mineral wäre, aus einer anderen Welt. Meteoriten gibt es ja.

7 **Am Abend** schlafe ich in der Badewanne ein. Ehe ich wegdämmere, höre ich das leise Summen des Petroleumofens durch die dünne Bretterwand. Der Boiler steht am Ende der Badewanne, groß und weiß wie ein Öltank, und ich habe immer ein wenig Angst, daß er in die Luft fliegen könnte. Das Badewasser ist angenehm warm, und ich tauche hinein, bis nur noch der Kopf aus dem Wasser schaut. Ich denke an das Seeungeheuer, das ans Fenster gekommen war, jetzt schwimmt es wieder im tiefen, dunklen Meer, steigt dann an die Oberfläche, steuert langsam und schwerfällig aufs Land zu, läßt die sorgenvollen Augen durch den Wasserspiegel gleiten. Sieht, wie sich die Berge in die Meerestiefe hinein fortsetzen. Dann steigt es an Land, schüttelt sich, daß die Muscheln auf seinem Rücken rasseln. Schleppt sich zur blauen Hütte.
Ich schließe wieder halb die Augen und singe leise im Schlaf eine lustig verdrehte Strophe, ein schweres Wohlbehagen erfüllt mich:

> Katze aus dem Moor
> küßt den toten Hund
> stellt den Schwanz empor
> und geht zum Lionsbund.

Darüber schlafe ich ein und träume von diesem großen Öltank beim Konsumladen, er schaut zum

Himmel empor von seinem grünen Hügel, eine Frau im grünen Kleid öffnet die Tanktür, als wäre es ein Leuchtturm und geht hinein, und ich weiß im Traum, daß sie es schafft, in dem dunklen, zähen Öl ganz nach oben zur Luke zu schwimmen; wie immer es ihr auch gelungen sein mag, diese Tür zu öffnen, ohne daß sich alles aufs Gras hinaus ergoß.
Kurz darauf schreitet ein Leichenzug den Hügel hinauf. Die Träger gehen mit dem in Segeltuch gehüllten Sarg, Wasser tropft aus dem undichten Sargboden. Dahinter eine kleine Gruppe von Leuten, und ganz hinten geht der Pfarrer in seinem schwarzen Anzug, er ist barfuß und spielt mit heiterer Miene eine fremdartige Melodie auf der Mundharmonika.

II

8 **Als ich erwache,** ist es bereits Morgen. Das Badewasser ist eiskalt geworden, ich fahre zusammen, springe spritzend heraus; und bemerke dann, daß meine Haut überall so merkwürdig gekocht aussieht. Ich schaue bestürzt hinaus, aber da ist nirgends ein Öltank auf einem Hügel in Sichtweite. Und keine hellen Lavaberge. Dies ist nicht das Sommerhausbad, in dem ich eingeschlafen war. Dies ist ein anderes Badezimmer.

Ich befinde mich in einer alten Kleinstadt, in der ich einen Teil meiner Kindheit verbrachte und in der ich nicht mehr gewesen bin, seit ich klein war; bis jetzt. Der Abstand zu den nächsten Häusern macht mir klar, daß ich im Haus des Polsterers bin, der all diese weißen Hemden besaß. Er wohnte die ganze Zeit allein und starb, kurz bevor Papa und ich aus der Stadt wegzogen, und es wurde einiges getuschelt von Seil und Haken auf dem Dachboden und Einsamkeit. Nachher stand das Haus leer.

Aber ich hatte das Haus zuvor nie betreten. Ich stehe nackt vor dem Badezimmerfenster, halbgekocht, aber dennoch fröstelt mich. Ich sehe, daß das Motorrad unten in der Einfahrt steht; traue meinen eigenen Augen kaum, aber da ist kein Irrtum möglich. Und darauf mein Reisekoffer, mit allen Kleidungsstücken darin. Ich binde mir ein weißes Hand-

tuch um die Hüfte und schleiche aus dem Badezimmer. Nach vorne hinaus sind alle Gardinen zugezogen und die Möbel verstaubt, die gepolsterten und die halbfertigen. Der Raum war seinerzeit Wohnzimmer und Werkstatt zugleich.
Es kostet mich eine ganze Weile, die Haustür zu öffnen, das Schloß klemmt, aber schließlich gibt es doch nach. Es ist so früh am Morgen, daß sich noch nirgendwo die Küchengardinen rühren. Ich schleiche mich heimlich hinaus auf den verwahrlosten Rasen, vornübergebeugt, wie eine alte Rothaut, schnappe mir über den Zaun den Koffer, flitze mit ihm ins Haus, schleife ihn hinter mir her übers Gras. Tauspur.
Aber als ich den Koffer öffne, zeigt sich, daß er hauptsächlich weiße Hemden und Terylenhosen und Mengen von anderer Kleidung enthält, nur nicht meine Kleidungsstücke. Alles ist zwei Nummern zu groß. In der einen Ecke des Koffers stecken riesengroße Sonntagsschuhe in einer Plastiktüte.
Die Schreibmaschine lag festgebunden auf dem Benzintank des Motorrads. Sie war nicht in ihrem schwarzen Schutzkoffer. Ich hatte sie dalassen müssen, als ich vorhin den Koffer holte, denn ich mußte mit der anderen Hand das Handtuch festhalten.
Wie auch immer, ich ziehe mir diese merkwürdigen Sachen an, da ich nichts anderes habe, ich muß halt nehmen, was da ist. Ein neuer Tag hat begonnen.
Obwohl das Haus die ganze Zeit unbewohnt war,

hat es doch Strom, das ist nicht zu übersehen; ich mache Licht im Flur. Da fällt mir plötzlich ein: wer hat mir das Badewasser eingelassen? Es läuft mir kalt den Rücken herunter, aber dann schüttele ich alles von mir ab.
Ich weiß nicht, was ich hier soll.

9 **Aber ich gehe** nicht. Es kostet mich fast zwei Tage, bis ich mich einigermaßen heimisch fühle, ich sauge im ganzen Erdgeschoß mit einem uralten Nilfisk-Gerät Staub und bringe die Matten nach draußen; die Frauen in den Nachbarhäusern sehen mich verstohlen über die Gardinen der Küchenfenster hinweg an. Natürlich hatten sich die Leute daran gewöhnt, daß dieses Gebäude Tag und Nacht schweigend dastand, und sie diskutierten leise über die Funzeln, die man manchmal in ihm flackern sah ... Ich werfe die Bastmatten über den Lattenzaun und klopfe sie gründlich aus, der Staub vieler Jahre wirbelt in der Windstille auf. Einige Jungen aus der Straße sammeln sich bei mir, während ich die Matten ausklopfe, ich trage große Sonntagsschuhe, Terylenhosen, ein weißes Hemd. Ein rothaariger Junge mit Sommersprossen starrt mich lange an und fragt dann:
»Hör mal, bist du etwa verwandt mit diesem alten Gespenst?«

»Wie bitte?« frage ich ahnungslos.
»Oben auf dem Dachboden.«
»Hm, ich glaube nicht.«
Ein anderer Junge, etwas jünger, sagt auf einmal: »Papa hat eine alte Giftschlange im Kofferraum gefunden, als er einmal in Amerika war.«
»Er hat sie hoffentlich in den Mülleimer geworfen«, sagte ich, da ich die Bande leid geworden war, und verstärkte das Klopfen, daß es in den umstehenden Häusern widerhallte.
»Nein, er hat sie nach Island gebracht und in einen Sessel gestopft, der neu gepolstert werden mußte.«
Da explodieren die Jungen vor Lachen.
Ich klopfe mit einer Riesenwut und übertöne die Lachsalven. Dann zerstreut sich die Bande. Diese Kerle hatten noch nicht einmal das Licht der Welt erblickt, als ich von hier weggezogen bin. Jetzt wohnt irgendein Baggerfahrer in dem Haus, in dem Papa und ich gelebt hatten, heute morgen bin ich mit dem Motorrad hingefahren und sah zwei furchterregende gelbe Bagger vor dem Haus, das man mit einer dunkleren Farbe gestrichen hat. Dann gab ich Gas und fuhr zum Laden, nicht weit vom Haus des Polsterers entfernt. Als ich eintrat, war niemand hinter der Theke. Gepolter von innen, dann wurde eine Toilette gespült, und der alte Ladenbesitzer erschien, winzig klein mit einer dicken Brille. Er war so eingeschrumpft, daß ich ihn kaum wiedererkannte. Es schimmerte in den halbblinden Augen, hinter

dem Schutz der Gläser. Er brummte und schnaubte unablässig, während er mich bediente, aus seiner Richtung roch es nach Hustenbonbons. An einem Regal hinter ihm, in dem Dosen mit Fischbällchen standen, huschte ein schweridentifizierbares Lebewesen mit einer grünen Strickmütze entlang. Eine Dose fiel um, fiel auf den Fußboden und zerbrach. Ich bekam einen Lachanfall, unterdrückte ihn, gluckste leise. Der alte Kaufmann sah mich an, so forschend, wie seine Augen es nur eben erlaubten, rümpfte die Nase. Er rechnete mit einem Kugelschreiber zusammen, was ich gekauft hatte, wie früher ohne Registrierkasse, brummte: »157, 271, sssssss, 432.50, ssssss, wir wollen mal sehen ... ssssss.«
Als ich wieder draußen war, sah ich, daß das Schild ABENDVERKAUF, schwarz vor Dreck, nur noch an einer Ecke hing. Am besten, man vermied es, jemals darunter zu geraten. Es hatte an diesem Morgen angefangen zu nieseln, Maria gießt die Himmelsblumen, und es tropft von den Blumentöpfen.

10 Ich bin allein in diesem zweistöckigen Kasten, steige die Treppe in die obere Etage nicht hinauf, Spinnenatmosphäre und Netze in den Ecken, vermute ich.

Aber manchmal höre ich abends fröhliche Fußtritte von oben, und ein Lichtschein dringt herunter, dann habe ich das Verlangen, mir oben Gesellschaft zu suchen, aber ich weiß, daß da niemand ist, mit dem ich normalen Kontakt haben könnte. Andererseits habe ich keine Angst, es ist wirklich komisch, ich mit meiner großen Dunkelangst habe keine Angst in diesem Haus (außer vor Spinnen), das für den alten Cézanne zum Malen wie geschaffen wäre, so gelb und mit rissigem Putz, die Fenster trübe, wenn die Sonne auf die salzverkrusteten Scheiben scheint.

Eine Scheibe ist zerbrochen von einem Ball, den niemand zu holen gewagt hat, er liegt immer noch in dem Zimmer, das ich nicht benutze und wo ich nicht staubsauge. Dort gibt es ein altertümliches Grammophon und stapelweise Platten, vor allem Jazz und Lastwagenlieder aus Trinidad oder Gottweißwoher, aber dem Plattenspieler fehlt der Tonarm und er schweigt wie ein Grab.

Eines Abends stecke ich mir eine Cognacflasche ein, Hennessy, stecke sie in die Innentasche des Mantels, der mottenzerfressen im Flur hängt, mit geräumigen und kräftigen Taschen. Dann knöpfe ich den Mantel zu. Der Sommer ist zur Neige gegangen, es hat zu

dämmern begonnen, als ich das Haus verlasse, ich sehe undeutlich das Meer, über die Dächer der Häuser unterhalb der Straße hinweg, es ist glatt und schön, es herrscht ein ausgezeichnetes Trinkwetter. So streife ich ziellos durch die Stadt, bin allein auf den Straßen unterwegs, nehme einen zweiten Schluck aus der Flasche und habe sie schon bis gut unterhalb des Flaschenhalses geleert.
Auf gewundenen Straßen gerate ich zu einem dreistöckigen Haus, dunkel bis auf ein Fenster im obersten Stock: da flackert trübes Licht, Kerzen in der Fensterbank erleuchten die Topfblumen. Innen wandern Schatten auf der weißen Zimmerdecke hin und her.
Ich gehe durch die Tür und geradewegs die Treppe hinauf, klopfe im obersten Stock an. Man öffnet mir, zuerst sehe ich eine Frau mit einem verwelkten Arm und einem Turban, dann erkenne ich, daß sie Lockenwickler im Haar hat und einen Schal darüber, die Frau ist sturzbetrunken und legt ihren Arm um mich.
»Rein mit dir, mein Lieber«, sagt sie mit belegter Stimme.
Ich lege den Mantel nicht ab, sondern gehe so ins Zimmer. Da sitzen im Kerzenschein ein paar Typen mittleren Alters in weißen Nylonhemden ohne Krawatte und spielen auf dem Fußboden auf einer Matte mit Bildmuster Karten. Derjenige, der offenbar der Gastgeber ist, erhebt sich wortlos bei mei-

nem Eintreten, nimmt mir den Mantel ab und hängt ihn auf eine große Buntnessel in der Ecke, die unter der Last zusammenbricht, ein leises Knacken, als der Stiel nachgibt.
»Du hast ein schickes Hemd an«, sagt er zu mir. Dann führt er mich in ein kleines Hinterzimmer, wo ein volles Faß mit Selbstgebrautem steht. Starker Gärungsgeruch. Er taucht einen großen Kaffeebecher in das Faß und reicht ihn mir randvoll. Dann macht er ohne Vorwarnung einen Satz in das andere Zimmer, springt hoch zum ausgeschalteten Deckenleuchter und schwingt mit ihm zwei-, dreimal über den Köpfen der Spieler hin und her wie das Pendel einer Wanduhr, bis die Lampe abreißt und er auf einen von ihnen herunterkracht, sie purzeln durcheinander zur Heizung unter dem Fenster und kullern über den Sofatisch.
»Teufel auch«, sagt der Gastgeber amüsiert und springt auf. Die anderen erheben sich ebenfalls und fangen nun an, einen langsamen Ringtanz um die heruntergefallene Deckenleuchte auf dem Fußboden zu stampfen und treten dabei in die Glasscherben. Ich trinke geistesabwesend von dem Gebräu aus dem Becher und beginne eine traurige Melodie zum Tanz zu summen, ohne Text, da kommt die verwelkte Frau aus der Küche und sagt mit warmer Stimme: »Besonders gut singen kannst du ja nicht gerade, Alter.«
Draußen schleicht die Nacht vorbei.

Im Morgengrauen sagt der Hausherr: »Tja, Freunde, jetzt kleben wir schwarze Müllbeutel vor die Fenster, dann können wir ungestört von der Sonne in Frieden weitertrinken, bis zum Abend und immer so weiter.«
Mir reicht es, und ich schleiche nach unten, doch höre ich den Gastgeber durch seine gewaltige, königliche Nase trompeten: »Was war mit dem Mantel?«
Im Morgenlicht hat sich eine Katze unten auf der Straße eine Maus gefangen. Die sitzt vor Angst gelähmt am Hydranten und kneift zum letzten Mal die winzigen Äuglein zusammen. Ich verscheuche die Katze, sie hinkt eilig davon, und ich hebe die Maus auf und stecke sie zu der Cognacflasche in den Mantel, in der noch ein Rest drin ist, dem Faß sei Dank.
Ich gehe in Schlangenlinien. Leere Straßen. Herrliches Grau in der Luft, ein gesunder Alltag verbirgt sich unter jedem Tritt. Es hat Vorteile, so mitten in der Woche zu trinken, und Fässer sind gute Möbel. Die Maus lasse ich auf den Rasen vor meinem und des Polsterers Haus fallen.

11 Verblichene Tage. Allmählich naht der Herbst.
Ich stelle das Motorrad für eine Nacht an der Stadtgrenze ab, neben dem Antiquariat. Es ist ein geteertes Häuschen, und Tauben schlafen unter seiner Dachtraufe. Die Auspuffgase des Zweitakters verwehen im Nachtwind, ich steige von der Maschine und gehe zum Schaufenster. Da sind komische Bücher und Briefmarken, von denen es außer diesen kaum weitere Exemplare gibt. Wenn das Antiquariat voll ist, kostet alles 7 Kronen, sündhaft teure Bücher genauso wie die wertvollsten Briefmarken. »7 Kronen«, sagt der Antiquar heiser, legt sich auf ein grünes Sofa im Glaskasten ganz hinten und hält die Hände vor die Augen. So liegt er in seinem dunklen Anzug wie ein müder Wiedergänger.
Mir kommt in den Sinn nachzusehen, ob er seinen Laden nachts abschließt. Ich greife nach der Klinke. Sie dreht sich im Kreis, dann ist die Tür offen ... Ich gehe zögernd in den staubigen Dunst alter Bücher, mache sorgfältig die Tür hinter mir zu. Gehe dann zum polierten, abgenutzten Verkaufstisch und beginne, in den Briefmarkenalben und Pornoheften zu blättern, die wild durcheinanderliegen. Sehen kann ich wegen der Dunkelheit nur wenig. Da höre ich auf einmal ein Schnarchen aus dem Glaskasten, und der Augenblick gefriert zu Eis. Von dem Schnarchen zittert das Glas.

Ich reagiere sofort und flitze aus dem Laden, schlage die Tür hinter mir zu und springe aufs Motorrad, starte es blitzschnell und rase davon. Hinaus auf die Brücke. Ich spüre eine Unruhe in mir, der Fjord aufgewühlt und einsam, die Schiffe am Kai schwach beleuchtet; sie sind über die dunkle Welt hinweggefahren, in der sich Untiere und scharfzahnige Fische in der Schwärze auf spitzen Unterwasserbergen tummeln, die außer diesen Geschöpfen noch niemand gesehen hat, und die haben keinen Sinn für Berge. Ich blicke von der Brücke hinunter in die See. Dieses salzige Wasser, denke ich, ein Teil davon war einmal eine Wolke am Himmel, und ein kleines Mädchen im grünen Kleid, das auf der Wiese Seifenblasen pustete, hatte hinaufgeblickt und gesagt: »Schau doch mal die Wolke, die sieht ja aus wie ein Hund!«

Ich habe keine Lust, nach Hause zu gehen und zu schlafen, aber ich fühle mich doch müde.

Auf der Brücke liegt eine unförmige Gestalt, ich hoffe, es ist eine Seejungfrau, die ich mit nach Hause in die Badewanne nehmen kann, aber als ich näher komme, sehe ich, daß es nur ein riesiger Seehund ist. Der wacht nie mehr auf. Dieser Seehund geht nicht zum Straßenbau. Er hat diese offenen, diese kummervollen Ägypteraugen, und es ist, als hätte der Tod nicht vermocht, in ihnen die Empfindungen auszulöschen.

Ich beuge mich herunter und streichle ihn in Fellrichtung, er ist ein wenig schleimig, und jetzt nehme ich Verwesungsgeruch wahr. Ich stemme den Fuß gegen den Kadaver und wälze ihn mit Mühe von der Brücke. Es gibt einen lauten Platsch, als er ins Wasser fällt, und die Klieschen fahren zusammen und schmiegen sich an die stachelbewehrten Seeskorpione, die wie Steine schlafen und schmatzend davon träumen, ihre Angeln auszuwerfen. Ich schaue über die Kante und sehe den Seehund langsam versinken. Die Poller sehen verrottet aus, sind völlig bedeckt von Entenmuscheln. Hier bin ich einmal als kleiner Knirps gelandet, als ich Steine nach Möwen warf, die dösend auf den Brückenpollern saßen, aber ich verlor das Gleichgewicht, als ich Anlauf nahm, und flog in hohem Bogen ins Wasser. Die Möwen kamen ungeschoren davon. Es war strahlender Sonnenschein, und ich platschte in die dunkelblaue, schweigende Welt. Das war direkt neben der Toilette am Brückenende, die nach unten zum Meer hin offen war; ein Anbau beim Angelgeräteschuppen. In dem kurzen Augenblick, den ich unter Wasser war, dachte ich an Papa wie Klein Tritill am Grabengrund. Bilder schossen mir in den Kopf wie Fische aus ihren Verstecken. Im richtigen Augenblick kam ein Mann auf einem Moped und zog mich an einem Tauende heraus und fuhr mich nach Hause. Damals erwachte mein Interesse für Motorräder.

12 **Eigentlich fühle ich** mich in dem Haus inzwischen sehr wohl, und an die weißen Hemden habe ich mich auch gewöhnt. Eines Abends, ich höre gerade Radio, Humor mit Victor Borge, vernehme ich Schritte auf dem Dachboden, wie von zwei, drei Gestalten. Ich entscheide mich, mir das Verschwinden meiner Dunkelangst zunutze zu machen, und fasse einen Entschluß, schleiche die Treppe hinauf, zur Bodenluke. Ich mache einen Buckel und drücke die Luke vorsichtig aus dem Rahmen.

Da sitzen sie zu dritt am Giebelfenster, wenden mir den Rücken zu, der Polsterer im weißen Hemd. Zuerst habe ich den Eindruck, daß er ein Seil um den Hals hat wie H. C. Andersen, aber das erweist sich als Irrtum. In seiner Gesellschaft sitzen ein Mann und eine Frau. Ich schwinge mich durch die Luke und gehe mit ruhigen Schritten auf die Leute zu. Vor ihnen flackert eine Petroleumlampe. Hier oben ist alles mit einer Staubschicht bedeckt.

Sie scheinen mich nicht zu hören und stehen wie traumverloren herum, doch dann blickt sich der Polsterer um und bemerkt mich, steht auf, ergreift mit beiden Händen fest meine Hand und schüttelt sie heftig. Sein Gesicht ist aufgedunsen, ein blauroter Schimmer überzieht seine Wangen. Sein weißes Hemd ist nicht richtig zugeknöpft, man sieht seine behaarte Brust. Ich mache die Taschenlampe an, die ich unten in der Besteckschublade gefunden habe, aber da verschwinden sie alle. Mache sie wieder aus, und sie sind wieder sichtbar, aber jetzt hat der Polsterer den Kopf eines Riesenvogels und sagt zu mir mit nasaler Stimme: »Du mußt lange in diesem Haus bleiben.«

»Danke«, sage ich.

»Diese Leute hier sind meine Gäste«, sagt er, auf die anderen deutend.

»Gut«, antworte ich.

»Hast du ein Vogelbuch?« fragt er dann.

»Nein.«

»Solltest du aber.«

Ich setze mich zu ihnen, und wir schweigen zusammen, schlürfen Tee, den der Polsterer aus einem alten, ziemlich verstaubten Emaillekessel in Glasbecher gießt. Dieser Tee ist so giftig, daß nach wenigen Schlucken der Giebel zusammenfällt und ich ungehindert auf die Dächer der Häuser ringsum hinabsehen kann und durch sie hindurch, wie alle Leute sich die Zähne putzen, sich in Schaukelstühlen lieben und Mäuse in Fleischtöpfen kochen und von abgrundtiefen Zauberseen träumen.

Dann wische ich mir mit dem Handrücken den Mund ab und gebe dem Polsterer die Hand, für mich ist es Zeit, zu Bett zu gehen. Zweifellos bleiben die drei bis zum Morgen sitzen, aber der Polsterer steht auf und bringt mich zur Treppenöffnung. Da ist die Treppe verschwunden, aber er hat eine alte Seilrolle, die er durch die Öffnung herabläßt, er hält

das andere Ende fest und sagt zu mir: »Seile dich nun ab in den Berg. Die Vögel sind derweilen still.« Es funkelt an seinem Schnabel.
Ich gehorche wortlos, klammere die Füße um das Seil, lasse mich herunter, es brennt ein wenig in den Handflächen. Ich werfe einen Blick nach oben, und da wird die Luke zugeschlagen, Staub rieselt auf mich herab. Nirgends eine Spur der Treppe.
Ich gehe zu Bett und lese eine Weile in dem Buch, das ich heute in der Bücherei geklaut habe, es ist ein Buch über das Ungeheuer von Loch Ness. In ihm sind hübsche Zeichnungen von Nessie und der Bericht eines Landrover-Besitzers, der sie ausgelassen einen Weg am See entlanglaufen und dann mit Platsch und Knall ins Wasser springen sah, während die Scheibenwischer des Jeeps wegen des Regens kaum mitkamen. Dieser tiefe schottische Bergsee verfügt über eine Zauberkraft, die mich in der mitternächtlichen Stille anlockt, und ich sehe mir die Buchstaben und Bilder auf den gelblichen Seiten ganz genau an.
In dieser Nacht suchen mich keine unbehaglichen Vorstellungen heim.

13 Windstille und strahlender Sonnenschein, als ich auf den Hof kam und mich streckte. Die Frau aus dem Nachbarhaus war draußen in ihrem Garten und kam mit anmutigen Schritten in ihrem hellen Kleid auf mich zu, dunkelhaarig. Sie hatte große Blaubeeren in einer Tüte, wahrscheinlich waren es amerikanische, aber sie bot mir keine an.

»Schönes Wetter«, sagte sie.

»Ganz großartig«, sagte ich und fuhr fort, den Himmel anzustarren.

»Die Farne wachsen gut«, sagte die Frau.

»Wie bitte?«

»Ich sagte, die Farne wachsen gut, unten in der Erde.«

»Unten in der Erde?«

»Da gibt es eine zweite Welt und eine zweite Sonne, die genauso scheint, nur in einer anderen Farbe.«

Ich warf einen prüfenden, skeptischen Blick auf die Frau und antwortete dann kurz: »Ja, ich weiß.«

»Wie können Sie das wissen?« Die Frau war verwundert.

»Ich habe es geträumt«, sagte ich und warf einen hastigen Blick auf meine Uhr, gähnte angemessen und ging hinein, um auf der Kolibri-Maschine zu hämmern. Ich arbeitete den ganzen Tag, goß unaufhörlich Kaffee in Tassen, hörte nebenbei Jazz im Radio, ein Meister nach dem anderen zog mit seinem Instrument durch meinen Kopf, Miles Davis,

Fats Waller, Thelonious Monk und Jón Múli als Ansager.
Ehe ich mich versah, war der Abend gekommen. Der Schatten der halbtoten Esche fiel durchs Fenster, wurde immer undeutlicher, bis die Dunkelheit allein das Himmelsgewölbe beherrschte. Der Herbst war nahe.
Ich stand auf und streckte mich erneut, machte ein paar flüchtige Züge auf dem Schachbrett, stellte die handgeschnitzten Figuren dann aber wieder in ihre Ausgangsstellung, und da standen sie nun schweigend und steif, als hätte ein Vulkanausbruch ihre Schlachtordnung unter sich begraben und sie wären gerade erst von der Aschenlage befreit worden.
»Pompeji, Pompeji, Pompeji«, summte ich fröhlich. Kochte mir einen Eintopf, in den ich alles warf, was gerade zur Hand war, aß hastig. Dann ging ich und holte die Taschenlampe. Schaltete das Licht im Haus aus. Schwankte durch die dunklen Zimmer. Dann ging ich ins Freie, zum zweitenmal an diesem Tag, und stand mit der Lampe vor dem Haus, bemerkte einen Lichtschein in der Küche der Nachbarin und sah eine Weile in diese Richtung. Manchmal hatte ich Lust, abends bei ihr anzuklopfen und sie zu bitten, bei ihr übernachten zu dürfen; ich fand sie attraktiv mit ihren langen, dunklen Haaren. Aber es war eine Ferne in ihren grünen Augen, die mich davon abhielt. Ich hätte nichts dagegen gehabt, ihr die Kleider auszuziehen.

Die Schuhe hatte ich im Haus vergessen und holte sie, zog auch den Mantel an und setzte eine Hornbrille ohne Gläser auf, setzte mir die Vampirzähne ein, sie waren mir gefolgt und immer noch genauso harmlos, verliehen mir aber ein Gefühl der Sicherheit, wenn ich abends mit der Taschenlampe im Dämmerlicht des Spätsommers wenig bekannte Wege ging. Diesmal wandte ich mich nach Norden, zum Stadtrand hinaus. Niemand unterwegs. Die Häuser anzusehen wie eine blaubeleuchtete Elfensiedlung.

Nicht weit vom Strand entfernt war ein kleiner, mit hellgelbem Gras bewachsener Hügel, da war ein morscher, alter Brunnendeckel, darauf zwei mächtige Steinbrocken. Ich ging dreimal gegen den Uhrzeiger um den Brunnen, bevor ich die Steine herunterwälzte und den Deckel wegschob. Ein schwarzer Abgrund gähnte mich an. Ein grünes Nylonseil hing an der dunklen, algenbewachsenen Wand, und ich kletterte hinab, hing einen Augenblick an einer Hand, als ich mich abmühte, den Deckel zuzuziehen. Die Lampe in der Tasche.

Als ich den Boden erreichte, wurden meine Füße naß, aber nicht nennenswert, und ich beugte mich vor, um in die Welt einzutauchen, die sich nun öffnete. Ich zwängte mich eine ganze Weile durch einen engen Gang, dann war ich da. Vor meinen Augen breitete sich eine weitgestreckte, düstere Welt aus. Eine fahle Sonne am Himmel, und Farnfelder über-

wucherten alles, in komplizierten Schattenmustern.
»Sonne hier, Mond da«, murmelte ich.
Es mußte nach meiner Berechnung fast senkrecht unter den Gräbern auf dem Hügel sein, allerdings in großer Tiefe.
Vor mir ein Haus, von Farngestrüpp überwuchert. Weiter konnte ich nicht sehen. Ich schlurfte durch das blaue Gras zu diesem Haus und sah durch die Fenster. Ich ging ohne anzuklopfen hinein.
Ich zog die Lampe aus der Tasche, sie erhellte die flechtengelben Wände, zuerst kam ein Flur und an seinem Ende ein einziges Zimmer. Diesen Raum betrat ich, da waren Gardinen vor den Fenstern, die auf einen riesenhaften See blickten, der in der Ferne mit der Dunkelheit zusammenfloß.
Bald war ich ganz darin versunken, die alten und sonderbaren Dinge zu betrachten, von denen es in diesem Zimmer wimmelte; auf dem Tisch und in Regalen, unter dem Bett. Dann hatte ich die Idee, die Küche zu suchen und mir einen Farntee zu kochen.
Der Fußboden der Küche war eigenartig klebrig, ich glaubte zuerst, ich wäre irgendeinem Spinnenweibchen in die Falle gegangen und schrie auf, beruhigte mich aber bald, als ich merkte, daß ich nicht festsaß. Ich lehnte mich aus dem Fenster und riß eine Handvoll Farne ab, warf sie in einen grünspanigen Kupferkessel und setzte ihn über einer Gasflamme zum Kochen auf. Mir war es mit dem Gas nicht ganz

geheuer, und ich achtete darauf, daß das Fenster die ganze Zeit einen Spalt offen stand, so daß frische Luft hineinkam, wie der Atem eines Riesengeschöpfs, das draußen lag und schlief.
Der Tee war nicht besonders gut, aber ich kippte ihn in mich hinein und ging dann wieder zum Ende des Flurs, ins Zimmer. Ich sah mir noch einmal all die Dinge an, ließ mich auf alle viere herab und kramte Sachen unter dem Bett hervor, einen emaillierten Nachttopf, eine Obstkiste mit allerlei Krempel: kupfernen Schröpfköpfen, getrockneten Rattenschwänzen, verschrumpelten schwarzen Johannisbeeren in einem Krug und jede Menge Lesehefte für Anfänger. Dann stieß ich den Nachttopf mit dem Fuß wieder unters Bett, daß es schepperte, und stellte die Kiste auf die Bettdecke.
Da wurde zaghaft an die Zimmertür geklopft. Mein Herz machte einen Satz und landete am inneren Brustbein, sofort wurde ich sehr müde, schaute mich um, stellte dann die Kiste auf den Fußboden, zog die Decke vom Bett und ließ mich in voller Montur hineinfallen. Die Taschenlampe brannte auf dem Nachttisch, ich wollte sie gerade ausmachen, als im selben Augenblick die Tür aufging. Ich hatte mir die Bettdecke bis zum Kinn gezogen. Der Unterkiefer fiel mir bis zur Brust herunter, als ich sah, wer da in der Tür stand. Es war die Frau aus dem Nachbarhaus oben auf der Erde, und sie hatte ein durchsichtiges Nachthemd an und eine mondhelle

Taschenlampe bei sich, größer als meine. Sie schlüpfte wortlos zu mir unter die Decke und begann, mir den Mantel auszuziehen. Sie legte mein Hornbrillengestell vorsichtig auf den Nachttisch neben die Taschenlampen, die sie brennen ließ, und jetzt zog sie sich das Nachthemd über den Kopf, und wir umschlangen uns in diesem Bett mit der ausgeleierten Matratze, weit unter der Erdoberfläche, unter der Stadt und dem Friedhof, in der Unterwelt, die manchmal durch die undichten Bretter des Brunnendeckels einen Sog nach unten ausübte, aber das wußten nur wir beide. Nun standen oben in der Stadt zwei Häuser leer, ein gelbes und ein anderes von annähernd blauer Farbe, in dem einen wohnte sie, in dem anderen ich. Aber hier waren wir im richtigen Haus und würden erst am nächsten Morgen wieder hinaufgehen, um kalte Luft und Autoabgase einzuatmen. Hier gab es auch Sterne, wenn man darauf achtete, sah man sie am Tage zwischen dem Farngestrüpp schimmern, wenn der Mond schien, aber jetzt war es Nacht, und die Sonne stand ganz oben am Himmel, und ihre blassen Strahlen drangen durch die Gardinen und tauchten uns beide im Bett zusammen mit den Taschenlampen in ein mattes Licht. Ich hatte die Vampirzähne herausgenommen.

14 Zwei Tage später will ich meine Nachbarin in ihrem gelben, oberirdischen Haus besuchen. Ich gehe am Nachmittag zu ihr hinüber, mildes Wetter und eine Art Summen in der Luft. Aber da öffnet nur ein Mann und sagt, die Frau sei weggezogen, er wisse nicht wohin. Ich muß mich für den Augenblick damit zufriedengeben, sehe den Mann aber kritisch an. Er hat irgend etwas an sich, das mir den Gedanken nahelegt, er sei eine verzauberte Hummel, so dichtbehaart wie seine Unterarme und sein Brustkorb sind; er hat ein weißes Hemd an wie der Polsterer. Niedergeschlagen mache ich mich wieder auf den Heimweg, das Herz ist mir schwer. Letzte Nacht hatte sie mir zum Abschied gesagt:
»Komm nie wieder hierher zurück.«
Ich starte das Geländemotorrad neben mir und fahre aufs Geratewohl hinaus durch die Stadt, am Hafen vorbei, wo die Möwen kreischen. Ich habe Probleme mit dem Motor, er spuckt und stottert, aber dann gibt es sich, und ich fahre auf den Steilhang gleich neben der Müllkippe am Randbezirk der Stadt. Der Müllhaldenaufseher hat gefällte Bäume eingepflanzt, Bäume, die ihm Leute zum Verbrennen gebracht haben, und in die Bäume hat er grüne Netzkugeln gehängt. Er sitzt den ganzen Tag in seinem Schuppen, und »Peter der Große« ist sein Lieblingsbuch, das einzige, das er im Schuppen liest. Wenn es Abend wird, lädt er allerlei Kleinkram hin-

ten auf seinen Landrover und bringt ihn zu dem Haus, in dem er wohnt. Er kommt ans Fenster, als ich das Motorrad vor seinem Schuppen anhalte. Müllgestank und Rauch von verbranntem Gummi. Er erkennt mich nicht wieder, genausowenig wie alle anderen.

»Willst du das Motorrad da wegschmeißen?« ruft er mir zu.

»Du bist wohl wahnsinnig!« sage ich.

»Das ist nichts mehr wert, das sieht doch jeder. Und warum hast du keinen Helm auf?«

»Hast du in letzter Zeit was von Peter dem Großen gehört?« entfährt es mir, und ich bereue, überhaupt angehalten zu haben.

»Ich werde es dir an den Kopf werfen«, sagt er und kommt auf mich zu, ziemlich drohend, wie mir scheint, senkt den Kopf wie zum Angriff. Ich trete aufs Startpedal, und wir werden von noch mehr Rauch umhüllt.

»Du mußt die Bäume anmalen!« rufe ich durch den Motorlärm.

»Was?« sagt er, und ich wiederhole: »MAL DIE BÄUME AN!«

Dann brause ich davon, daß der Schotter hinten vom Rad spritzt. Wieder in die Stadt hinein, über ihr hängen niedrige, graue Wetterwolken, bald wird es in Strömen regnen und dunkel werden.

Am Rand der Stadt steht ein schiefes, verfallenes Häuschen, in dem eine Frau mit einigen Schafen und

einem kräftigen Widder wohnt. Sie hat einen dunkelgrünen Lada, mit dem sie manchmal mit ihren gesegneten Tieren einen Ausflug macht, nur einmal, da ist sie richtig in Schwierigkeiten gekommen: sie war ein wenig hinaus aufs Land gefahren, hatte gerade die Wetterstation passiert und den Tieren all die schönen Wiesen gezeigt, und die hatten hinten ihre Heusäcke vor sich wie Popcorn und stierten hinaus, warfen einander neidische Blicke zu. Da erblickte der Widder einen Hund, der Anstalten machte, dem Auto bellend und knurrend in den Weg zu laufen, der Widder wurde wütend, er sprang blökend nach vorne, stieß die alte Frau gegen die Tür und klemmte sie da so ein, daß der Lada auf den Straßenrand geriet und zu verunglücken drohte, aber ihr gelang es im letzten Augenblick zu bremsen und den Widder mit dem Sicherheitsgurt anzuschnallen. Er durfte den Rest der Tour auf dem Vordersitz fahren.
Die Frau steht draußen vor der Tür, als ich auf dem Motorrad die Straße entlangkomme, sie winkt mir mit einem roten Schnupftabaktuch zu, mit einer schönen roten Nase, und ich halte an. Ich hoffe, daß sie sich nicht daran erinnert, daß ich ihr vor langer Zeit böse Streiche gespielt habe, als Mitglied einer wilden Jungenbande, die vor ihrem Haus lärmte und an die Wände schlug, und einmal zertrampelten wir den kleinen überdeckten Heuhaufen in ihrem Garten. Da fiel mein Blick durchs Wohnzimmerfen-

ster, und ich sah, wie sie schluchzend mit einem Lamm im Arm dasaß; ich rief den anderen zu, wir sollten lieber abhauen und die Straßenlaternen an der Seestraße kaputtschlagen. Gegenüber der Frau wohnte der Fischhändler, mit großen, schönen Augen wie ein lebenserfahrener Riesendorsch, und sagte nicht viel.

»Guten Tag, mein Lieber«, sagt die alte Frau zu mir.

»Guten Tag«, wiederhole ich, auch wenn es schon fast Abend ist.

»Glaubst du, du könntest mir mit meiner Hyrna helfen, sie ist durch die Kellerluke gestürzt und kommt nicht mehr die Treppe herauf, und ich bin schon kränklich, und sie überfrißt sich da unten, denn da habe ich den Heuvorrat.

»Natürlich«, sage ich.

Ich folge ihr durch die niedrige Tür, sehe sie von hinten an; ein grauer Zopf fällt auf ihren schmalen Rücken herab. Im Haus herrscht eine echte Stallatmosphäre. Hier ist es an Weihnachten ohne Zweifel feierlich, wenn die Kerzen auf den Krippen in der Stube brennen und die uralten Familienphotos beleuchten. Heubüschel sind auf dem ganzen Fußboden verstreut. Die Tiere liegen alle aneinandergeschmiegt in einer Zimmerecke und hören Radio, außer dem einen, das in den Keller gefallen ist. Ich beeile mich, es hinaufzuschieben, es blökt böse, als ich es vom Heuhaufen losreiße.

Die alte Frau gießt mir aus einer Minikanne Kaffee in eine angeschlagene Tasse, ich trinke ihn, er ist wunderbar. Es erfüllt mich Optimismus, fast Freude, so über die Maßen gut ist dieser Kaffee.
»Herzlichen Dank, mein Junge.«
Es gibt mir einen Ruck. Irgendwie kommt mir das bekannt vor.
Dann gehe ich hinaus, rufe vorher den lieben wiederkäuenden Hörern in der Stube einen Abschiedsgruß zu und gehe gebückt durch die Haustür. Die Alte schneuzt sich mit Hingabe in das Schnupftabaktuch und winkt mir dann freundlich mit ihm nach, als ich wegfahre. Ich winke mit einer handschuhbekleideten Hand zurück.

15 **Komischer Ort,** dieser Kinderspielplatz gleich neben dem Haus hier. Da quietschen Schaukeln, die anders sind als alle anderen. Ich komme oft an diesem Platz vorbei, und manchmal betrete ich ihn und setze mich allein in der Dämmerung in die Schaukel: gerade bin ich vom Strand herauf hierhergekommen; dort hatte ich hinter mir eine Möwe gehört, und als ich mich umschaute, sah ich fluoreszierende, freche Augen vor einem Grashügel aufschimmern. Es schauderte mich, ich umklammerte mein Taschenmesser, sprang davon und lief die Seestraße hinauf. Ich wurde nicht verfolgt.

Müde vom Laufen beschloß ich, mich hier auf dem Spielplatz auszuruhen, setzte mich in eine Schaukel und verschnaufte. Über mir zogen dunkle Wolken vorbei. Heute morgen war ich auf der Anhöhe oberhalb der Stadt, dort stand noch immer das Turmhaus, das Turmhaus, in dem die Füchse wohnten und neben dem die halbverrottete Wasserleitung verläuft, aus der hier und da Wasser sickert, und es kommt ein alter Mann auf einem Traktor den Weg entlang, einen Sack neben sich auf dem Sitz und über ihm niedrigfliegende, dunkle Spatzen, und der Himmel grau wie ein Mühlrad, und der Trecker auf Mühlrädern, und der Alte bog bei dem Friedhof vom Weg ab.

Ich sehe nach oben, immer noch auf der Schaukel, und bemerke, daß ich nicht mehr allein bin, ein kleines Mädchen ist auf den Platz gekommen und mit ihm jemand, der sein Großvater zu sein scheint, sie kommen auf mich zu, und der Großvater hat einen so mächtigen Vollbart, und das Mädchen reckt sich manchmal, um den Großvater am Bart zu sich herunterzuziehen und ihm etwas zuzuflüstern. Nun haben sie mich fast erreicht, und ich höre, wie das Mädchen sagt:

»Opa, da ist ein Gespenst.«

»Ein Schaukelgespenst«, wiehert der Großvater.

»Du mußt mich auf den Arm nehmen«, sagt das Mädchen.

»Wir werden mal mit dem Gespenst plaudern«, sagt

der Großvater, und kann sich noch immer das Lachen kaum verbeißen.
»Guten Abend«, sagt er zu mir.
»Guten Abend«, erwidere ich und versuche, mit dunkler Stimme zu sprechen. Der weiße Bart des Großvaters hebt sich in der Dämmerung ab.
»Trübes Wetter«, sagt er.
»Das ist gar kein Gespenst«, sagt das Mädchen. »Laß mich runter.« Sie windet sich aus den Armen ihres Großvaters und setzt sich neben mich auf die Schaukel, beginnt kräftig zu schaukeln. Das Quietschen hallt von den umstehenden Häusern wider.
»Finster ists auf Dunkelgründen«, sage ich.
»Wie heißt du?« fragt die Kleine.
»Davíð«, sage ich.
»Wie der Hund von Tante Dilla.«
Plötzlich sitzt auch der Großvater auf der Schaukel. Wir schaukeln schweigend zu dritt, eine ganze Weile. Lampen leuchten trübgelb in den umstehenden Häusern. Irgendwo steht ein Küchenfenster offen, und man hört lautes Gezänk um den Abwasch.
Dann fröstelt es mich erneut, wie vorher am Strand, und ich schaukele ein paarmal kräftig und springe dann herunter.
»Tschüß«, sage ich zum Mädchen und seinem Großvater.
»Tschüß, du Scheingespenst!« sagt das Mädchen.
Ich schleppe mich nach Hause. An der Kreuzung

sehe ich eine Gruppe von Jungen am Hydranten, sie halten einen armen Kerl am Zaun fest, den ich schon vorher hier in der Gegend gesehen habe. Sie knuffen ihn und provozieren ihn mit Worten, er ist hilflos, läßt seinen Kopf hängen, hat ein so langes Gesicht und sieht ärmlich aus; hellbraune Kleidung. Mir kommt er da noch armseliger vor als sonst, und obwohl ich es nicht gewohnt bin, mich in Sachen einzumischen, bleibe ich bei der Bande stehen und frage, was los sei.
»Kommt der Teufel auch noch«, sagt einer halblaut, und sie gehen auseinander. Der Junge bleibt allein an dem gelben Hydranten zurück. Dann sieht er auf und grinst mich durchtrieben an, galoppiert in seinen weißsohligen Gummischuhen davon, den anderen nach, zu meiner Verwunderung, und ruft gleichzeitig hinter mir her: »Brennet, ihr Feuer!« Das letzte Wort sprach er in schleppendem Ton.
Seine hellbraune Kleidung verschwimmt schnell mit der Dunkelheit.
»Wo ist sein Hut?« murmele ich und denke an meinen grünen Hut, der im Sommerhaus zurückgeblieben ist.

16 Es fällt mir in letzter Zeit verdammt schwer, überhaupt etwas zu Papier zu bringen. Trotzdem setzte ich mich eines grauen Frühherbsttages in der Küche hin und hämmere in die Kolibri-Schreibmaschine:

> Die behaglich gespannte Hängematte,
> ein warmes Lüftchen, die runde Sonne,
> als ich die Augen einen Spalt öffne,
> kommt eine große Weite ins Dasein,
> die Wolken quadratisch am Himmel wie
> dachlose Häuser (es wird morgen regnen),
> ein Kind auf der Straße spielt mit dem
> Ball und stößt mit dem Fuß an den Zaun
> neben mir, da stürzt die Behaglichkeit
> ab und ich beginne erneut an die
> tiefgefrorenen Mammuts zu denken –

Auch wenn es nicht viel ist, lasse ich es doch damit gut sein, und ich habe jetzt für die nächsten Tage genug geschrieben. Das sagt alles, was nötig ist ...
Ich koche mir einen Kaffee.
Es brummt gemütlich im Kühlschrank.
Eine kleine Störung durch Hammerschläge in der Nachbarschaft, man ist dabei, ein neues Haus auf einem Grundstück direkt am Meer zu bauen, und von seinen Fenstern aus wird man einen schönen Blick auf die Boote haben, wenn sie mit dem See-

teufel angefahren kommen. Es sind kräftige Zimmermänner, die mit ihren grünen Schürzen an tüchtige Hausfrauen erinnern. Nägel in den Mundwinkeln. Das Haus wächst schnell in die Höhe. Der Polier kommt auf dem Farmall-Cub-Traktor zur Arbeit und mit einem Gummihandschuh über dem Auspuffrohr. Vielleicht sollte ich mal rübergehen und fragen, ob sie nicht einen Job für mich haben –

Ich habe die Frau im gelben Haus, die ich zuletzt unter der Erde getroffen habe, nicht mehr gesehen und mich auch nicht wieder zur Luke gewagt, eingedenk ihrer Worte.

Es klopft.

Ich gehe zur Tür. Davor steht der Briefträger, wie gewöhnlich mit vorwurfsvoller Miene, weil die Tür keinen Briefschlitz hat, und reicht mir einen kleinen Umschlag.

»Kann ich Ihnen einen Schluck Milch anbieten?« frage ich unschuldig. Er zieht seine Schirmmütze über die Augen herunter und macht wortlos auf den Hacken kehrt.

»Ich habe auch Hustenbonbons!« rufe ich hinter ihm her. Er schlägt das Gartentor mit einem Knall zu. Eine plötzliche Wut packt mich, und ich rufe hinter ihm her: »Dann friß Hundefleisch!«

Danach reiße ich den Umschlag auf. Die ausländische Briefmarke ist schön. Der Brief ist von meinem Freund, dem Gitarrenspieler. Das Briefeschreiben stirbt allmählich aus. Ich hatte ihm neulich eine

Ansichtskarte geschickt, und nun schreibt er mir und sagt, er verstehe nicht, warum ich mich da herumtriebe.
Ich reiße die Briefmarke vom Umschlag, bevor ich den Brief in den Papierkorb werfe. Dann gehe ich ins Wohnzimmer, lege mich auf das verschlissene grüne Sofa, das ein neues Polster brauchen könnte, und schließe leicht die Augen. Ich lausche, wie Hämmer auf Nagelköpfe schlagen; es hört sich an, als schmiede ein Junge ein Schwert. Nach kurzer Zeit bin ich eingeschlafen.
Ein Schädelritter zieht im Schatten sein Schwert, aber gleich darauf wandert ein Mann über Moore in glühender Sonne und allerlei Vögel und Fliegen in der Luft wie auf grellfarbigen Briefmarken, Gesang und Gesumm, und dann kommt er zum Kartoffelland; hohes Gras, und es wird eine Forke hineingesteckt und hochgehoben, und unter dem Gras kommen herrliche Cognacflaschen zum Vorschein.

17 **Am frühen Morgen** stapfe ich in meinem Garten umher und reiße verwelkte Blütenstände ab, als ich meinen Namen rufen höre und mich umsehe. Der Rufer steht in seiner Haustür, jenseits der Straße. Es ist der Seemann, der den Bronco-Jeep hat, und ich hatte eigentlich nie vorgehabt, mit ihm ein Gespräch anzufangen. Er steht dort in der Haustür

mit seinem dickem Bauch im Netzunterhemd und mit Hosenträgern.
»Willst du einen Kaffee?« ruft er.
»Ja«, sage ich unentschlossen.
»Dann komm schnell.«
Ich gehe beschämt zu ihm hinüber. Es ist schönes Herbstwetter, und Ruhe liegt über der Stadt. Der Ewigkeitsberg leuchtet blau. Der Seemann ist im Haus verschwunden, ich höre ihn in der Küche rumoren und gehe dem Geräusch nach.
»Setz dich dahin«, sagt er zu mir, als ich in die Küche komme, die länglich ist, in schreiend grüner Farbe gestrichen, und schenkt mir am Spülbecken beim Fenster eine Tasse ein. Dann kommt er mit der randvollen Rosentasse auf einer Untertasse zum Holztisch gesegelt, aber bevor er ganz angekommen ist, überkommt ihn ein Niesreiz; er dehnt sich aus und für einen Augenblick ziehen sich die Hosenträger stramm, dann bricht das Niesen aus.
»Hatschi!«
Der Kaffee schwappt über, daß die Untertasse randvoll wird.
»Laß es zur Hölle fließen. Da mußt du eben aus der Untertasse trinken.«
Ich sage, daran sei ich gewöhnt. Er knallt eine Dose mit unverschämt großen Zuckerwürfeln auf den Tisch. Erst jetzt bemerke ich, daß er schon etwas anderes getrunken hat, stärker als Kaffee. Er greift in das Eisfach des Kühlschrankes und holt eine

Schnapsflasche hervor, noch halbvoll, und gießt einen ordentlichen Schluck in unsere Tassen.
»Eiskalt«, sagt er. Ich begreife nicht ganz, was es für einen Sinn haben soll, den Schnaps erst zu kühlen und ihn dann in den kochend heißen Kaffee zu gießen, lasse mir aber nichts anmerken.
»Bist du bei dem schönen Wetter nicht auf See?« frage ich.
»Der verdammte Schiffsmotor ist kaputt.«
Ich lasse das Zuckerstück im Branntweinkaffee zergehen. Wir plaudern eine ganze Weile über Fische und Boote und Meerjungfrauen, und dem Seemann treten Tränen in die Augen, als er sich an sie und an die Haifische erinnert. Dann faßt er sich und sieht mich mit roten Augen an, streckt die Hand über den Tisch, eine auffallend kleine Hand im Vergleich zu den sonstigen Dimensionen des Mannes, legt sie auf meine Schulter, fragt in vertrauenheischendem Ton:
»Wie zum Teufel hast du dich in den alten Kasten da auf der anderen Straßenseite gemogelt? Es hieß immer, daß es da spukt.«
Ich sage, davon hätte ich keine Ahnung. Er runzelt die Brauen und sagt unvermittelt: »Hast du ein U-Boot?«
»Wie bitte?«
»Ich verstehe«, sagt er geheimnisvoll. »Gibt es da gute Sofas?«
Ich sage, sie müßten bezogen werden.
»Tja, er ist wohl vorher weggegangen.«

»Weggegangen, wohin?« frage ich, aber beiße mir gleich auf die Zunge.
»Jamm«, sagt der Seemann und streicht über die harten Bartstoppeln am Kinn. Mich beschleicht das Gefühl, daß diese grüne Küche auf dem Meeresgrund steht und mir gegenüber ein Seekönig sitzt und Teufelsrochen vor dem Küchenfenster schwimmen, daß Riesenschatten hereinfallen. Ich will schon aufstehen, da sagt er im selben Augenblick: »Ich will dir eine Kleinigkeit zeigen.«
Er trinkt seine Tasse aus und steckt die Flasche in den Bund seiner Cordhose. Wir gehen in die dunkle Höhle, da öffnet sich knarrend die Tür, und in der Öffnung wird ein komisches Wesen sichtbar, das mich auf den ersten Blick an einen altersschwachen Strauß erinnert, aber dann sagt der Seemann, und jetzt hat seine Stimme einen fast zärtlichen Ton bekommen: »So, Papa, nun geh wieder schlafen.«
Sein Vater murmelt etwas und dreht sich um, von hinten sieht er unglaublich hilflos aus in dieser trüben Beleuchtung. Der Seemann sieht mich an, und nun kommt er mir völlig nüchtern vor. Wir gehen weiter in den Flur hinein, und ich schlüpfe in meine Filzschuhe.
»Komm über die Schwelle«, sagt er. Nach diesen Worten hebt er die ausgefranste Fußmatte hoch, so daß Sand und Erde herabrieselt. Unter der Matte ist eine Falltür. Schön geschnitzt; kämpfende Drachen mit Feuerzungen in ihren aufgesperrten Rachen, so

lebendig, daß man jeden Augenblick damit rechnet, daß die Falltür Feuer fängt. Ein goldgetriebener Ring an einem Ende, und der Seemann steckt einen Finger hinein und öffnet. Dort unten ist es beklemmend dunkel und man spürt einen Sog hinauf durch die Öffnung. Ganz allmählich sehe ich undeutlich eine Strickleiter, die in die Schwärze hinabhängt. Ich trete an die Türöffnung heran, und es gelingt der niedrigen Herbstsonne, ihre Strahlen schräg hinunter in den Abgrund zu werfen. Eine kaum zu erkennende Fliege stürmt aus der Windstille herbei und läßt sich in die Falltüröffnung hineinfallen, unten hallt ihr Summen wider.

»Das ist kein gewöhnlicher Keller«, sagt das Netzhemd. »Hier gehe ich manchmal hinunter, und weit unten ist ein Moorsee und –«

»Genau«, unterbreche ich ihn.

»Du weißt, warum ich dir das zeige«, sagt er und blickt mich prüfend an. Das ist für mich keine Frage, und ich gehe hinaus auf den Vorplatz. Sonnenstrahlen voll Heiterkeit kommen ins Gesichtsfeld.

Er läßt die Falltür zufallen und zieht die Matte über die Drachen. Ich möchte einem solchen Drachen nicht auf den Schwanz treten.

Der Bronco-Jeep am Lattenzaun, glänzend blauschwarz.

»Hoffentlich bekommst du den Schiffsmotor wieder hin«, sage ich. »Danke für den Kaffee.«

»Hör mal«, sagt er, als ich gerade das Tor aufmache.
»Ja?«
»Ist das da drüben dein Motorrad?«
»Ja.«
»Und hast du nichts zu tun?«
»Zu tun?«
»Bist du arbeitslos?«
»Ich schreibe, manchmal.«
»Verstehe.«
In seinem Garten steht keine Fahnenstange, und es gibt keinen Schornstein auf dem Haus, aber mir fällt ein, ob er vielleicht einen Hund hat, der aufrecht gehen kann.
»Hast du einen Hund?« frage ich.
»Nein.« Er sieht mich mit dem Ausdruck einer leichten Verwunderung an und fährt fort: »Keinen Hund. Nur einen alten Papa.«
Es funkelt am Hals der Flasche im Hosenbund.
»Ich habe auch einen alten Papa«, sage ich mit leiser Stimme.

18 **Wahnhafte Angstvorstellungen** suchen mich am Abend heim und verwehren mir den Schlaf, aber ich weiß nicht, was die Quelle dieser Angst ist. Ich muß hinausgehen und mich beruhigen, ziehe Stiefel und Regenzeug an; es nieselt, und ich schlendere die Seestraße entlang, hinaus aus der Stadt, hinunter auf

den Sandstrand in der Bucht. Es ist dieses milde Herbstdunkel, das mich umschließt, Wolken verbergen die Gestirne, und der Sand ist fast schwarz. Erddunkel. Die Regenkleidung ist leicht und bequem, dunkelblau. Zur Linken plätschert das Meer. Gelbe Strandroggenbuckel heben sich gegen das Dunkel ab. Sie ziehen sich die gesamte Bucht entlang bis zur Flußmündung. Manchmal fahre ich auf dem Motorrad hierher und rase in den Sandgruben und wühle, daß die Ähren überall herumfliegen.
Stolpere an einem Stein, muß mich mit den Händen abstützen, und der feuchte Sand preßt sich pechschwarz zwischen die Finger. Dem Meer ist dieses Getue merkwürdigerweise egal, es röchelt wie ein schlafendes Riesenwesen mit einer Unmenge Fischen im Bauch. Es müßte Spaß machen, mit einem Mädchen im strahlenden Sonnenschein barfuß hierherzuwandern und über den Freiheitsbegriff bei Stuart Mills zu plaudern ... Weit draußen liegen schweigend die Inseln, die eine ist im Sommer bis zum Rand mit Butterblumen übersät. Die andere dagegen scheint wie ein Festungsturm aus südlichen Ländern nach Norden verfrachtet.
Ich bin so weit den Strand hinuntergegangen, daß man die Lichter der Stadt nicht mehr leuchten sieht. Dort schlafen zweitausend menschliche Wesen; jeder tritt Wasser in seiner Traumwelt. Die Angst ist verschwunden, als ich dieses Dach verlasse, unter das mein Kopf so unerwartet geraten war. Statt

dessen macht sich in mir ein Gefühl der Einsamkeit breit; hier bin ich allein in der Dunkelheit, und die Lebensnerven zu den Lichtern der Stadt sind ausgefranst im Wissen um den Schlaf der Leute.
Das alte, ausgebrannte Schiffswrack taucht plötzlich direkt vor mir auf, seinen Steven aufs Land gerichtet, halb im Sand vergraben, das Meer rumort in seinen Eingeweiden, der Rumpf ist an der einen Seite zerbrochen. Als kleiner Junge bin ich hier manchmal mit einer Angelrute auf das Wrack hinaufgeklettert und habe nach Forellen geangelt, die in seinem Bilgenwasser herumschwammen. Seit damals haben die Brandungswellen die Breschen in der Schiffswand vergrößert. Ich bleibe einen Augenblick am Steven stehen und pisse in aller Ruhe. Danach gehe ich weiter, auf den Fluß zu, wo sich die alte Steinbrücke unter der Last des ständig zunehmenden Verkehrs krümmt und eines Tages unter einem Milchwagen zusammenbrechen wird. Bevor die Brücke kam, war da eine Fähre, und der Fährmann wohnte in einer Grassodenhütte am Ufer, besaß eine riesige Schrotflinte und knallte jede Menge Seehunde ab. An der Stelle sind noch Reste der Hütte zu sehen, sie ist winzig klein am Ufer am Fuß der Felsen, und jetzt hat man Steinmaterial für Wellenbrecher aus dem Berg gesprengt, und die Bergwunde sieht von der Stadt her in der Abendsonne rötlich aus, und es kommt einem der Planet Mars in den Sinn, mit seinen zwei Monden.

Ich habe vom Wrack aus vielleicht zweihundert Schritte zurückgelegt, als ich vor mir undeutlich einen Rasenhügel erblicke. Es ist, als liefe ein Band in meinem Kopf ab; aus irgendwelchen Gründen kommt die ganze Angst mit doppelter Kraft zurück, eine Mauer reißt entzwei und öffnet den Blick auf den vergangenen Sommer: der ertrunkene Mann in der Bucht treibt tangumschlungen kraftvoll auf das innere Auge zu, und der Zauber der alten Frau weicht zurück. Das Taschentuch hat seine Kraft verloren. Ich bin wie erstarrt und nahe daran, mein Heil in der Flucht zu suchen. Aber dann fasse ich Mut und greife nach der Taschenlampe, gehe auf den Hügel zu. Mehrere unangenehme Zeitgenossen stecken derweil ihre Köpfe heraus, durchstoßen die Zeitmembranen; Thorolf bægifot, aufgedunsen und blauschwarz, in ziemlich übler Laune –

Ich bin auf alles gefaßt, und meine Zähne klappern, dennoch gehe ich langsam näher. Ich richte den Lichtstrahl auf den Hügel, darauf vorbereitet, im Schein der Lampe dasselbe zu sehen wie im hellen Sonnenschein auf dem Sand in der Bucht. Eine scheußliche Fratze leuchtet im Strahl auf, ich ringe nach Luft und will aufschreien. Aber schnell bin ich erleichtert. Es ist nur ein toter Seehund, wahrscheinlich eine Kegelrobbe, genau kann ich es nicht erkennen, aber noch größer als der, den ich von der Brücke ins Meer gewälzt habe, seine Schnauze ist halb abgefressen, ich sehe bleckende Zahnreihen, die Augenhöhlen sind leer. Hier und da machen sich Flohkrebse an dem Kadaver zu schaffen. Das ist bestimmt kein schöner Anblick, aber ein Festessen im Vergleich zu dem, was ich befürchtet hatte, und ich mache auf den Fersen kehrt und hüpfe, tanze zurück, singe irgendeinen Unsinn in die Finsternis und schleudere die Taschenlampe mit aller Kraft hinaus auf die dunkle Meeresfläche. Ich höre, daß sie mehrmals auftickt, bevor sie untergeht.

In meiner Ausgelassenheit springe ich fast auf das alte Schiffswrack, da kommt mir erneut ein kleiner Kobold in den Kopf, und ich bilde mir ein, daß der Seehund von den Toten auferstanden sei und auf den Hinterflossen hinter mir herlaufe wie die Karikatur einer Balletteuse, die Kiefer zusammenschlagend und bellend, die Flohkrebse flögen in alle Richtungen. Diese Vorstellung setzt mir immer mehr zu, und ich renne, ohne einmal anzuhalten, in die Stadt hinein. Es ist eine Art mit Schrecken vermischter Genuß, vor einem solchen vorgestellten Ungeheuer der Finsternis zu fliehen. Beim nächsten Mal komme ich nicht davon …

Ich bin mit dem Schrecken davongekommen.

Mir gefiel es jetzt besser in dem Haus, ich schlief schnell ein, nachdem ich die Regenkleidung über die Badewanne gehängt hatte, blätterte vor dem Schlaf nicht im Loch Ness-Buch. Leichte Schritte oben auf dem Dachboden zu hören. Vor solchen Wesen habe ich keine Angst –

»Möchte mal wissen, wie er die Treppe weggezaubert hat«, schießt es mir durch den Kopf, und mit diesem Gedanken dämmere ich hinüber. Ein Haus füllt die Hirnschale, ein Haus auf dem Kopf, das Dach über dem Fußboden, der Fußboden über dem Dach, und als der Korbsessel näher zum alten Radio gezogen wird, quietscht es in den Wellblechplatten.
Ein Traumhaus.

19 **In einem Hinterzimmer** gibt es Hanteln zum Gewichtheben, und eines Tages kommt es mir in den Sinn, ein kleines Training zu beginnen; das gefällt mir gut und bringt mir innere Entspannung, und ich trainiere jetzt fast jeden Tag wie besessen mit diesen Hanteln. Dabei stehe ich immer vor dem Spiegel.
Dieser Spiegel kommt mir oft vor, als sei er aus irgendeinem Märchen entsprungen und enthalte tiefe Welten, und ich beginne keuchend den Hintergrund dessen zu erforschen, was im Spiegelglas zu sehen ist: ärmliche Möbel im dunklen Flur. Dann geschieht es einmal, daß ich aus Versehen mit der Hantel in der Hand in den Spiegel gerate, und klirrrr – fallen die Spiegelscherben aufs Parkett.
Eine Tür ist dahinter, wo der Spiegel war. Verwundert drücke ich die Klinke, und die Tür öffnet sich.

Ich sehe keinen Schimmer, bemerke aber einen seltsamen Geruch. Dann schalte ich die Flurlampe an. Licht fällt in die Kammer. Darin ist ein ausgestopfter Pferdekopf, der mich anglotzt und unvermittelt losniest, als mein Blick auf ihn fällt. Ich sehe ihn noch einmal scharf an, aber nichts geschieht. In der schwärzesten Ecke steht eine kleine, eigenartig geformte Staffelei sowie ein Tisch mit Pinseln und Farben. Leinwand und leere Rahmen in Stapeln unter dem Tisch. Als erstes trage ich den Pferdekopf in die Küche und hänge ihn dort an einen Nagel; nehme die Wanduhr ab. Als ich dem Pferdekopf den Rücken zuwandte, hörte ich ein deutliches Niesen. Er fletschte bösartig seine gelben Zähne, als ich mich umsah.

»Nies du nur«, sagte ich leise. »Aber nicht in meine Kochtöpfe.«

Dann ging ich wieder zur Spiegelkammer und zog die Staffelei aus ihrem Versteck mitsamt den dazugehörigen Sachen und mühte mich ab, das Ganze ins Wohnzimmer zu bringen, aus dem ich gerade wieder Wohn- und Arbeitsraum gleichzeitig machte. Ich stellte die Staffelei am Fenster auf.

Die Farben waren hochfeine Ölfarben von Winsor & Newton, noch nicht eingetrocknet in den Tuben. Die Pinsel aus Marderhaar. Ein mit weißer Leinwand bespannter Rahmen stand auf der Staffelei. Ich fing an, mit dem Terpentin anzumischen, dabei tropfte einiges davon auf den kurzgeschnittenen

Teppich, und der Geruch erfüllte das Zimmer. Ich hatte nie zuvor mit Ölfarben gemalt und konnte natürlich nicht mit ihnen umgehen, aber ich begann damit, ein rotes Haus zu malen und dann einen grünen Himmel über dem Haus und eine dunkle schwarzblaue Sonne, die oberhalb des Schornsteins des Hauses hing und aussah, als wollte sie in ihn hineinfallen. Ich war sofort wie verzaubert von dieser Beschäftigung und vergaß die Hanteln völlig, das Herbstlicht sickerte dunkelgrau durch die Stores herein, aber bald fehlte mir ein Lappen, um die Pinsel abzuwischen, und ich benutzte dafür die blauen Gardinen. Dann malte ich etwas, was ein Baum sein sollte, aber mehr einem langhaarigen Troll glich und bedrohlich das Haus überragte.

Im selben Augenblick klopfte es.

Ich murmelte etwas, legte widerwillig den Pinsel beiseite und stellte plötzlich fest, daß der Tag in Todeskämpfen lag; die Ecken waren voller Dämmerschatten.

Es war das Mädchen vom Spielplatz, das vor der Tür stand. Sie hatte einen schwarzen Mantel an, der ihr zu eng war, und auf dem Mantel weiße Flusen, offenbar Bartsträhnen von dem alten Mann, ihrem Großvater ... Das Mädchen sah verlassen aus, wunderlich kleingewachsen auf der Treppe und schüchtern.

»Hallo«, sagte sie.

»Hallo«, sagte ich.

»Darf ich reinkommen?«

»Warum nicht«, sagte ich und trat zur Seite, und sie schlüpfte durch die Tür herein, eine gutartige Dunkelelfe.

»Komm ins Wohnzimmer, ich bin beim Malen.«

»Malen?«

»Malen.«

Sie folgte mir, noch immer in ihren weißen Schuhen und mit kurzgeschnittenem dunklem Haar.

»Meine Katze hat Lungenentzündung«, sagte sie. »Katzenlungenentzündung ist ganz schlimm.«

»Ist sie etwa daran gestorben?«

»Neenee, sie hat schon wieder Sahne geschlabbert, und Mama hat sie in eine von Papas Wollsocken gesteckt.«

»Gut«, sagte ich. »Ich kannte mal einen Mann, der einen Hund hatte und ihn in einer Strickhose schlafen ließ.«

Wir standen nun beide vor der Staffelei, in der hereinbrechenden Dunkelheit.

»Das ist aber kein schönes Bild«, sagte das Mädchen ohne zu zögern. Mehr Worte verlor sie darüber nicht.

Ich war ziemlich verärgert.

»Verstehst du denn überhaupt etwas von Bildern?« fragte ich beinahe barsch, bereute dann aber meinen Ton und fügte hinzu: »Ich habe gerade erst angefangen.«

»Wo steht dieses Haus, das auf dem Bild ist?«

Ich zuckte mit den Schultern. »Weiß nicht. Halt irgendwo in meinen Gedanken, glaube ich.«
»Bist du allein?«
Das war ein Schlag in die offene Wunde.
»Tja«, sagte ich verwirrt.
»Zuerst dachte ich, du bist ein Wiedergänger, du bist immer allein.«
»Vielleicht bin ich das.«
»Opa sagt, Gespenster hätten immer solche Hauben an.«
Ich bat sie in die Küche und gab ihr Milch und einen Schokoladenkeks. Sie kaute den Keks, trank tüchtig Milch und fragte nach dem Pferdekopf, und ich sagte, ich hätte ihn gerade erst aufgehängt, und sie sagte etwas über seine Zähne, und wir plauderten zusammen, bis sie Milch auf ihren schwarzen Mantel goß und ich ihr beim Abwischen half und ganz vergaß, sie nach ihrem Namen zu fragen, und von sich aus nannte sie ihn mir nicht. Dann nieste der Pferdekopf wieder, und wir sahen beide auf und dann einander an, und ich nahm den Pferdekopf ohne ein Wort zu sagen und steckte ihn in das Frostfach des Kühlschranks. Von dort hörte man ein gedämpftes Niesen, und dann war Ruhe.
»Ein Glück, daß er keine Lunge hat«, sagte das Mädchen.
»Hmm«, sagte ich.
»Tja, nun muß ich nach Hause.«
»Hmm«, sagte ich wieder, etwas zerstreut.

»Ich weiß nicht, ob ich wiederkomme«, sagte sie. Im Flur fiel ihr Blick in den Schuhschrank, und da sah sie eine Haubenmütze auf meinen Schuhen liegen. Sie sah lächelnd zu mir hoch. »Das muß ich Opa sagen.«
In meiner Verwirrung schnappte ich mir die Haubenmütze und zog sie mir über den Kopf, rollte ein bißchen mit den Augen und sagte zweimal mit dunkler Stimme:

»Wenig Freunde hat der Tod,
wenig Freunde hat der Tod.«

Dann streiche ich ihr mit grimmiger Miene über den Kopf.
»Glaube bloß nicht, daß ich Angst habe«, lacht das Mädchen, zieht den Kopf mit einem Ruck zurück und läuft auf den Weg hinaus. Sie winkt mir von der Straße aus unter den gerade entzündeten Laternen zu, und hoch oben am Firmament leuchten seelenruhig die Sterne.
»Danke für den Keks«, ruft sie.
Ich sehe zu den Sternen hinauf, den Kopf im Nacken, konzentriere mich auf einen bestimmten Fleck und spüre, wie mich von dort pulsierende Wellen erreichen, von Menschen oder komischen Wesen, vielleicht mit drei Köpfen, die mit dem Herzen denken, auf einem Planeten, dessen Farbe man hier nicht kennt. Langsam schließe ich die Tür, gehe ins Zimmer, knipse die Stehlampe an und fahre fort zu malen. Drüben liegen die Spiegelscherben, und

einige haben sich ins Parkett gebohrt. Auf sie fällt gedämpftes Licht aus dem Wohnzimmer, wo ich zwischen alten Sofas den Pinsel schwinge. Die Hanteln sind in die Flurecke gerollt; als ob ein Spielzeugwagen umgefallen und aus dem Leim gegangen wäre.
In den Wänden kreist das heiße Wasser, das klare Blut des Hauses.

20 **Am nächsten Tag** herrscht Windstille, eine dünne Wolkenschicht, aber die niedrigstehende Sonne kommt allmählich durch. Ich wache kurz vor Mittag auf und beeile mich, Kaffee zu kochen. Die Kaffeemaschine ist kaputt, also hole ich mir die alte Kanne, die ich im Schrank entdeckt habe, und mache mir einen richtig starken Kesselkaffee. Nach zwei Tassen bin ich so hellwach, daß ich das Gefühl habe, durch Stock und Stein sehen zu können, und das weckt die Erinnerung an die Teeparty auf dem Dachboden ...
Ich gehe ins Wohnzimmer, nachdem ich nach dem Pferdekopf gesehen habe, er schweigt wie ein Grab und ist ganz mit Reif bedeckt, auch an den Augen. Ich räume die Malsachen zusammen, spanne eine neue Leinwand auf einen Keilrahmen mittlerer Größe, 60 × 50, stecke die Farbtuben in eine Umhängetasche und klappe die Staffelei zusammen.

Mir kommt der russische Film »Wenn die Kraniche ziehen« in den Sinn. Und das alles schleppe ich in den Flur und dann zum Motorrad, das mir auf so merkwürdige Weise hierher gefolgt ist und nun behäbig an der Wand lehnt, der tiefblaue Tank schön gewölbt und mit der Aufschrift »Suzuki«. Irgendwie gelingt es mir, die Sachen auf dem Gepäckträger hinter dem Sitz zu verstauen, allerdings stehen sie an den Seiten etwas über, so daß ich auf die Fußgänger achten muß. Als das geschafft ist, starte ich den Motor, der springt mit Gedröhn an, geht aus, ich starte ihn erneut und gebe ordentlich Gas, eine Abgaswolke hüllt mich ein. Die Haubenmütze habe ich aufgesetzt.
Ich fahre auf dem kürzesten Weg durch die Stadt, die Höhen hinauf, die den bebauten Teil überragen, sie sind oben flach. Noch ist kein Schnee gefallen, es ist auch noch früh im Herbst, aber das Gras ist ganz grau, verfallene Zäune winden sich zwischen den Wiesen hier oben, weiter hinten das schiefwinklige Golfhaus; der Platz nur ein kleiner Schmielgrasflecken. Winzige Schafställe hier und da innerhalb der Umzäunungen. Im Winter kommen die Alten aus der Stadt hoch und streicheln und füttern ihre fünf bis zehn Schafe.
Ich gebe Gas, wo der Weg befestigt ist, folge ihm bis zum Friedhof. Führe ich jetzt der Nase nach weiter, käme ich zum Turm der seligen Füchse, ich biege aber ab und fahre langsam die Abzweigung zur aus

Grassoden aufgeschichteten Friedhofsmauer. Dort halte ich das Motorrad an, stelle es auf den Ständer und mache mich in aller Ruhe daran, die Malsachen vom Gepäckträger zu nehmen. Die Haubenmütze habe ich abgenommen, es bewegt sich kein Haar auf dem Kopf. Ich baue die Staffelei auf, sie ist nicht besonders stabil, deswegen lehne ich sie an einer Stelle an die Grasmauer.

Ich habe gerade begonnen, das Fuchshaus und die Wasserleitung und den Ewigkeitsberg dahinter zu malen, als ich einen Deutztraktor mit lautem Scheppern herankommen höre: ein anderes Wort kann man für die Gangart dieses grünen Ungeheuers kaum gebrauchen. Ich sehe mich um. Es ist derselbe, der neulich hier war, und er fährt vorbei, den ganzen Weg unterhalb des Friedhofs entlang, und hält an der Seelenpforte an, die sich zur Fjordmündung hin öffnet. Nicht weit von der Kante des Abhangs, oberhalb der Stadt ... Der alte Mann nimmt seine Schirmmütze ab und klettert herunter, er hat schwarze Gummistiefel an und einen blauen Overall. Er geht auf den Friedhof und geradewegs auf einen Schuppen in der einen Ecke. Er öffnet ihn und beginnt, Werkzeuge herauszuholen; eine Gartenharke, einen Spaten, sogar eine Gartenschere. Ich male weiter, handhabe den Pinsel ungeschickt, sehe mit dem einen Auge auf die Leinwand, mit dem anderen linse ich nach dem Mann. Mit kommt es sonderbar vor, daß er Werkzeuge hervorholt, als

ginge es an die Frühjahrsarbeit, ich dachte, solche Arbeiten ruhten im Herbst. Ich überlege, ob es möglich wäre, daß er irgend etwas mit diesem Friedhof zu tun hätte, kann mich nicht mehr auf das Malen konzentrieren, lege schließlich den Pinsel beiseite und schwinge mich über die Friedhofsmauer. Der Traktormann merkt nicht gleich, daß ich auf dem Friedhof bin, er ist mit einem frischangelegten Grab beschäftigt, auf dem in der schwarzen Erde Plastikblumen mit ihren grellbunten Köpfen nicken, und der alte Mann beugt sich steif nieder und schneidet die Stengel ganz unten am Boden ab, harkt sie in einen Leinensack, die Kiefermuskeln ziehen sich unter dem grauen, schütteren Bart zusammen, während er schneidet. Er sieht in aller Gemütsruhe auf, als ich ganz in seiner Nähe bin, ich habe es auch überhaupt nicht eilig und tue so, als läse ich auf den Kreuzen. Wir sagen einander guten Tag, plaudern ein wenig über das Wetter, dann sage ich:
»Du bist beim Aufräumen.«
»Ja, ich finde es ziemlich unmenschlich, diese Blumen hier im Freien zu lassen, wenn es friert, und das kann jetzt jeden Tag passieren. Plastik verträgt keinen Frost.«
Ich werfe einen zerstreuten Blick auf jenes alleinstehende Haus, das von hier aus zu sehen ist: den Fuchspalast.
»Welcher Abenteurer hat eigentlich so etwas für Füchse gebaut?« frage ich.

»Er liegt jetzt da in der Ecke«, sagt der Graubärtige und deutet in die Richtung.
»Was machst du mit den Blumen?«
»Ich nehme sie mit nach Hause.«
Ich tue so, als hätte ich das nicht gehört, und wir gehen weiter zu einem anderen Grab. Auf ihm sind so riesenhafte schwarze Sonntagsschuhe, daß mich schaudert. Deren Besitzer möchte ich nicht im Dunklen begegnen.
»Gibt es Leute, die hier auf dem Friedhof trinken?«
»Jedenfalls keine Einheimischen, glaube ich«, sagt der Graubart, und jetzt kommt ein Lächeln zum Vorschein, er steckt sich eine Plastikblume in die Brusttasche seines Overalls.
»Solltest du diese Schuhe nicht an dich nehmen?«
»Sie werden abgeholt, sobald es Abend wird«, antwortet er und überläßt sie sich selbst. Schneidet statt dessen die Blumenstiele mit dieser weitmäuligen Schere ab, wo er sie doch genausogut aus der Erde ziehen könnte, lose wie sie sind.
Ich beende das Gespräch und springe wieder über die Friedhofsmauer, habe vor, meine Arbeit da fortzusetzen, wo ich sie unterbrochen habe, aber die Konzentration ist völlig weg, und ich beschließe, das Bild zu Hause fertigzumalen. Ich staple alles wie vorhin auf den Gepäckträger, und jetzt befindet sich der Ewigkeitsberg verzerrt auf der gespannten Leinwand und liegt auf dem Rücken und starrt den Himmel an und auch die Pelztierburg.

»Wahrscheinlich bin ich gar kein begabter Maler«, murmele ich und seufze. Bevor ich losbrause, winke ich dem Graubart, aber er ist zum Schneiden abgetaucht und sieht nicht auf.

Es verlangt mich schon wieder nach Kaffee, und ich beschleunige meine Fahrt, schalte auf dem löchrigen Lehmweg in den fünften Gang, und den Abhang in die Stadt hinunter fahre ich mit Schallgeschwindigkeit. Bei einem der obersten Häuser sitzt eine Frau in einem Liegestuhl auf der Treppe, ihr Alter ist nicht zu erkennen, sie ist aber eher jung; sie ist bis zum Hals in eine Decke eingewickelt und liest, aber auf ihrem Schoß ringelt sich ein Wesen, das ich für eine Ratte halte. Dieses Tier bereitet mir für den Rest des Heimwegs erhebliches Kopfzerbrechen. Obwohl das Wetter im Hinblick auf die herbstliche Jahreszeit zweifellos prächtig zu nennen ist, besteht doch kaum ein Grund, den Liegestuhl hervorzuholen und sich darin mit einer gewöhnlichen Ratte zu sonnen.

Zu Hause angekommen schalte ich das Radio ein, da wird gerade »maythebirdofparadiseflyupyournose« gesungen. Ich höre zu, während ich mir eine zweite Portion Kesselkaffee koche.

Am Abend will ich letzte Hand an das Bild legen, aber kaum habe ich es aufgestellt, finde ich es so häßlich, daß ich augenblicklich die Lust verliere und alles in die Spiegelkammer packe, die beiden Bilder, noch feucht, und das ganze Zubehör. Der

Pferdekopf kann ruhig weiter im Kühlschrank bleiben.
Ich trinke noch mehr Kaffee. Eine großartige Bohne ist die Kaffeebohne, gemahlen und mit kochendem Wasser aufgegossen kann sie sogar ein Gefühl der Einsamkeit vermitteln.
Als es auf Mitternacht zugeht, lasse ich mir Badewasser ein. Und entschlummere sanft in dem heißen Wasser.

III

21 Dunkelheit, Licht. Wieder dieselbe Geschichte, ich erwache, vom Badewasser umspült, ein Geräusch weckt mich, ich schrecke mit einem Ruck auf und springe platschend aus der Wanne. Die ganze Haut wie gekocht. Ein schräges Dachfenster, durch das sich dünne Sonnenstrahlen stehlen. Fahrig trockne ich mich mit dem Leinenhandtuch ab, das auf dem Klodeckel liegt, während ich mich ziemlich erschrocken umsehe.

Wieder bin ich in ein unbekanntes Haus gekommen. Das ist nicht zu übersehen. Ich wickle mir das Handtuch um die Hüfte und gehe weiter. Im dunklen Flur liegt ein roter, völlig verschlissener Teppich, von hier aus sieht man in eine lächerlich enge Küche, ein kleines, gelbgestrichenes Wohnzimmer mit einem kurzen, blauen Sofa und einem niedrigen Holztisch. Die Zimmertür neben dem Treppenaufgang: abgetreten und häßlich ... Ganz unterm Dach. Ich gehe mitten ins Wohnzimmer, dann kann ich wegen der Dachschräge nicht weiter. Ich mache das Radio an, ein alter Telefunken-Apparat, der auf dem Fußboden steht.

»Radio Reykjavik, es ist jetzt neun Uhr –«, ich schalte wieder aus. Aus dem Wohnzimmerfenster sehe ich den Giebel des nächsten Hauses, wellblechverkleidet, ich lächle die traurige Herbstsonne an.

Die Tür neben der Treppenöffnung sitzt schief in der Zarge. Ich stoße sie auf. Dahinter ein Verschlag voller Krempel, alte Tapetenrollen mit Glockenblumenmuster, an der Wand ein uraltes Harmonium und darauf eine Gipsbüste des Komponisten Buxtehude. Ein massiver, gebeizter Schrank, halb vor dem Fenster, unter die Schräge geschoben. Deshalb kein volles Licht und schaudernd kalt, keine Heizung. Ich bekomme eine Gänsehaut und beeile mich, die Tür zu schließen, steige dann vorsichtig die Treppe hinunter, halte mich dicht in der Mitte. Im Flur steht mein Motorrad, die Suzuki TS 400, und daneben der Reisekoffer. Aber die Schreibmaschine fehlt, und das Motorrad hat sich verändert. Es ist jetzt ein gewöhnliches Fahrrad, aber immer noch blau. Die Aufschrift »Suzuki TS 400« ist zwar noch da, aber wo vorher der Benzintank war, ist jetzt nur eine Querstange, und es ist ein ganz normales Fahrrad. Ich stoße einen Fluch aus, dann packe ich den Koffer und trage ihn hinauf in das grüne Schlafzimmer. Das Bett ist hübsch bezogen, und auf die Decke sind marschierende indische Elefanten gestickt. Dann suche ich aus dem abgewetzten Koffer meine gute alte Kleidung heraus, zu meiner großen Beruhigung, nicht diese schaurigen weißen Hemden und Terylenhosen des Polsterers, sondern gewöhnliche Cordhosen und Uni-T-shirts.
Als ich mit dem Anziehen fertig bin, zwänge ich mich in die Kochnische und finde dort Kaffeepulver

in einer blauen Dose, Maxwell House. Ich gieße eine Kanne auf, eine Blechdose mit frischem Schmalzgebäck steht neben der Spüle. Ich schlürfe mich in dieses neue Dasein hinein. Die Tassen sind alle emailliert. Kein Tisch in der Kochecke, ich stehe am Spülbecken und schaue durch das kleine Fenster. Orientiere mich schließlich, daß ich mich in der Bergstaðastræti befinde, in der Stadt, die das Radio mit der Zeit verknüpft. Radio Reykjavik, es ist jetzt –

Dann flattert ein Rabe unter dem Dachüberstand hervor und kommt zum Fenster wie in dem Gedicht, er hat eine Art von Saugnäpfen an den schmutzigen Klauen und legt den Schnabel an die Scheibe. Ich lange nach einer Spülbürste und stecke den Arm durch den offenen Spalt, angele nach dem Raben, der ein bösartiges Krächzen von sich gibt und auffliegt, nachdem er mit den Klauen an die Scheibe gekratzt hat.

»Nimmermehr!« rufe ich ihm hinterher. Mir ist, als zuckte er im Flug zusammen, als würde ihm plötzlich bewußt: »Hätte nicht eigentlich ich das sagen sollen?«

Der Kühlschrank ist fast leer, nur eine Lebertranflasche im Türfach, randvoll. Ich nehme einen kräftigen Schluck.

Dann gehe ich die Treppenstufen hinunter. Die alte abgenutzte Brieftasche habe ich eingesteckt; als ich sie im Koffer fand, war sie voll mit Geldscheinen, frisch aus der Druckerei. Ich schwinge mich auf das ehemalige Motorrad, nachdem ich es zuerst die Steintreppen hinuntergetragen habe. Aber vorher werfe ich durch das Türfenster einen Blick in die Wohnung unter der, in die ich gekommen bin; sie haben eine gemeinsame Haustür. Ich wußte genau, daß sich das nicht gehörte, aber ich legte mein Gesicht an die Mattglasscheibe und spähte neugierig in die völlig leeren Wohnräume. Keine Möbel zu sehen. Alle Vorhänge zugezogen, Halbdunkel. Eine deutliche Staubschicht auf dem Parkett im Flur. Fußspuren? ... Undeutlich sehe ich zwei zerknitterte graue Laken auf dem Boden vor der Wohnzimmertür. Da wohnte offensichtlich niemand.

»Das ist ja schön«, sagte ich laut.

Draußen herrschte mildes Wetter, aber über allem hing Herbstblässe. Ein verkrüppelter Baum im Nachbargarten hat schon die Blätter abgeworfen. Der Garten hinter dem Haus, das nun für eine Weile meins sein soll, ist völlig verwildert; todgeweihte Ampferstengel ragen in die Höhe wie versteinerte Bodengewächse in einem ausgetrockneten Meer. Ich mustere das Haus eine geraume Weile. Es ist mit Wellblech verkleidet wie das Haus daneben, der Sockel nicht gestrichen. Keine Spur von Pflege. Die Kellerfenster zerbrochen, und an der Wand ist ein kleines Schild: DRUCKEREI JÓN LEÓSSON. Man kann die Druckklischees und Papierstapel im Inneren ahnen. Zwei potthäßliche Katzen sitzen auf der

Fensterbank hinter den Glasscherben, die eine graugestreift, die andere schwarz wie die Nacht. Sie miaut mich dämlich an und faucht. Ich hege gar keinen Groll mehr gegen Katzen, deswegen brauchte sie sich gar nicht so gegen mich aufzuführen.
Ich trete in die Pedalen und radle die Straße entlang, suche die nächste Bäckerei. Vermisse den Benzingeruch und drei Pferdestärken. Ich bin ziemlich schwach in den Beinen.

22 **Vogelzugtage.** Gestern fiel etwas Schnee, aber es hörte bald wieder auf zu schneien. Heute liegt das Herbstgrau über allem, die Sonne ist weit weg. Ich sitze zu Hause und blättere in einem Buch, das ich auf einem geschnitzten Regal im Schlafzimmer gefunden habe. Es ist »Die Mühle des Weißgehörnten« von Kazys Boruta. Es liegt nahe, das Moorgespenst mit dem nächtlichen Lärm hier im unteren Stockwerk in Verbindung zu bringen; es könnte sich durch die Abwasserleitung hocharbeiten, hier hereinschleichen und seine litauischen Zaubersprüche murmeln. Im übrigen habe ich in letzter Zeit immer häufiger das Gefühl, daß ich selbst ein Wiedergänger bin und daß die Gespenster normale Menschen sind, die sich vor meiner Anwesenheit erschrecken.
Ich habe neben mir einen großen Kupferkessel mit

Tee, während ich lese, und ich trinke viel, wie um Wärme gegen den drohenden Winter zu tanken.

Unten klopft es an die Tür.

Ich stehe widerwillig auf und steige die Treppe hinab.

Draußen steht so ein kleines Mädchen. Sie hat in ihrem Äußeren etwas Gespenstisches, ist rothaarig und sommersprossig. An den Händen hat sie ganz dicke Wollhandschuhe, wie Großmutter sie mir strickte, als ich noch klein war.

»Hallo«, sagt sie, schüchtern.

»Mulibu«, murmele ich.

»Ich wohne in diesem Haus«, sagt sie und deutet auf das graue, wellblechverkleidete Nachbarhaus. Jetzt ist sein Blech glanzlos und kalt. »Ich war oft zu Besuch bei dem alten Mann, der hier wohnte.«

Das erweckt mein Interesse.

»Und wer war das?«

»Ach, er war uralt, hatte schwarze Haare in den Ohren und immer eine Schwimmbrille auf.«

»Sonnenbrille«, versuche ich zu berichtigen.

»Nein, Schwimmbrille«, sagt sie und klingt jetzt entschiedener.

»Hatte er Schwimmhäute zwischen den Fingern?«

»Ja.«

»Ich verstehe«, sage ich leise. »Komm rein.«

Sie trippelt im Halbdunkel hinter mir die Treppe hinauf. Ich gieße ihr eine Tasse Tee ein, sie trinkt ihn, aber verzieht bei jedem Schluck das Gesicht.

»Hast du keinen Kindertee?« fragt sie.
»Nein.«
»In diesem Zimmer«, sagt sie und zeigt auf die Tür neben dem Treppenaufgang, »ist ein altes Harmonium.«
»Ganz richtig«, sage ich.
»Und im Schrank daneben ist ein Krokodil, das darauf spielt, wenn es donnert und blitzt.«
»Hast du es selbst gesehen?«
»Naja, der alte Mann hat mir davon erzählt.«
»Hatte er vielleicht hellbraune Hosen mit Hosenträgern, dieser alte Mann?«
»Ja.«
Plötzlich ist alle Schüchternheit aus diesem Mädchen verflogen, das Gespenstische, das ihr Aussehen erahnen ließ, tritt deutlich zutage, sie klettert drüben im Wohnzimmer aufs Fensterbrett, so daß ich hinspringen und sie festhalten muß.
»Bist du wahnsinnig, Mädchen?«
Sie lacht mich bloß aus.
»Wann hat man die Druckerei hier unten zugemacht?« frage ich nach, um sie zu beruhigen.
»Das ist schon lange her. Jetzt schlafen da die Katzen.«
Ich sage, daß ich eine Radtour machen möchte, und sie will unbedingt mit, ich frage, ob es nicht verboten sei, jemanden auf dem Gepäckträger mitzunehmen, aber sie sagt, das sei doch egal, und ich sage, na dann, und ziehe den alten Pelzmantel an, der

unten hing, als ich zum erstenmal hier aufwachte, und der wohl aus Moschusochsenfell geschneidert wurde.
Sie setzt sich unten am Tor auf den Fahrradgepäckträger und läßt die Beine baumeln. Wieder hat es leicht zu schneien begonnen, ein Flugzeug saust flach über die matten Dächer, setzt zur Landung an. Die Katzen dösen noch immer auf den Fensterbänken der Druckereifenster und blicken traurig auf den graugelben Rasenflecken hinaus, über den schiefen Zaun, auf uns, die wir langsam aus dem Tor und die Straße entlang fahren. Es fehlt nicht viel, daß ich eine Frau anfahre, die einen altmodischen Kinderwagen vor sich herschiebt, sie wirft mir einen bösen Blick zu, aber ich schlingere unsicher weiter, das Mädchen schlägt auf die Fußrasten und lehnt sich mal nach rechts, mal nach links, sie ist wie eine übermütige kleine Elfe. Auf ihren blauen Pullover sind Berge und Schwäne gestickt.
Ob es nun eine stillschweigende Übereinkunft war oder Zufall, wir radeln jedenfalls am Stadtteich entlang, sehen Schwäne, die den Enten das Brot wegschnappen, und dann weiter der Nase nach über die Steinbrücke und hinauf zur Ecke des alten Friedhofs. Spitzen auf dem grauen Tor, eine graue Steinmauer, darüber ein grauer Himmel: er hat die Seelen dieser Leute aufgenommen, die hier unter der Last von Erde und Stein begraben liegen. Manchmal frage ich mich, ob das Himmelsgewölbe die gewal-

tige Zahl tragen kann, die sich dort oben über all die Zeiten angesammelt hat, wenn es einen Riß im Boden gäbe, würde es lange Zeit tote Menschen oder auch Tiere regnen oder schneien. Ich sehe vor mir diese dunklen, wimmelnden Regenwolken, die sich der Erde schnell wie eine Heuschreckenplage nähern, dann öffnen sich unzählige knallrote Fallschirme aus Engelseide und verdecken die Sonne.
Wir gehen schweigend hinein, ich streiche sanft mit der Hand über die Metallspitzen und schließe hinter uns das Tor. Wir sind hier auf dem Friedhof die einzigen Überirdischen. Das Geräusch der Autos wird zu den Gräbern und blätterlosen Bäumen getragen und mischt sich mit dem tiefen Summen, das aus den Gräbern emporzukommen scheint. Das Gespenstermädchen nimmt meine Hand, und wir gehen im Zickzack zwischen den Gräbern umher.
»Hier ist meine Oma begraben«, sagt das Mädchen.
»Auf diesem Friedhof?«
»Ja, irgendwo.«
Auf einem der Wege vor uns liegt ein Reisigbesen. Das Mädchen läßt meine Hand los und und läuft zu dem Besen, setzt sich rittlings darauf. Sie lacht schallend, und jetzt geschieht das Merkwürdige; es beginnt, dunkel zu werden. Ich blicke nach oben, aber es sind keine Fallschirme zu sehen. Die Dunkelheit senkt sich schnell herab, obwohl es noch mitten am Tag ist. Das Rauschen von unten aus den Gräbern wird stärker, und ich beginne die

Worte zu verstehen; es ist ein gewaltiger Chor tiefer Stimmen:

Wir wollen hinauf
wir wollen hinauf
wir wollen hinauf
wir wollen hinauf

Ich lasse mich nicht lange bitten, sondern nehme in dieser Tagesfinsternis keuchend die Beine in die Hand, springe wie ein Wilder über die Gräber, schwinge mich über Geländer, bemerke eine alte Frau, die leichtfüßig und kichernd neben mir herläuft und im Laufen Wollhandschuhe strickt und eine große Stricknadel mitten durch die Nase gesteckt hat. Im Dunkel höre ich ein Flugzeug, und dann sehe ich es, die roten und grünen Lichter, ohrenbetäubend laut, und es gleitet direkt über das Nationalmuseum. Das Totenflugzeug, denke ich außer Atem. Ich werfe mich zitternd aufs Rad. Die Autos brausen zu Tausenden mit eingeschaltetem Licht durch die Stadt. Es ist 13.30 Uhr. Ich gehe nie wieder auf einen Friedhof: solange ich lebe ...

Der Keilir wie eine schwarze ägyptische Pyramide am Ende der Suðurgata.

Dann beginnt es wieder hell zu werden.

Ich fahre los. Bin schon an der Brücke über den Stadtteich, als mir einfällt, daß das Gespenst zurückgeblieben ist. Ich kehre nicht um.

23 **Dunkle und** einsame Abende. Ich hatte die »Mühle des Weißgehörnten« ausgelesen und spazierte kurz nach dem Abendessen hinunter zur Thingholtsstræti, wo weiß und hell erleuchtet das Bibliotheksgebäude stand und mit würdevoller Blindheit vor sich hin starrte. Ich ging mit hängenden Schultern, die Hände in der Tasche. Ich fühlte plötzlich das Joch der Einsamkeit und Todesnähe auf mir lasten. Erst als ich bei dem toten Holzschnitzer durchs Fenster sah und mich an das Eichengespenst erinnerte, wurde mir leichter.

In der Bibliothek ging ich zuerst zum Katalog und sah nach, ob sie hier auch das Buch über Nessie hatten, damit ich es klauen konnte. Es stellte sich heraus, daß das nicht der Fall war. Dann suchte ich nach dem alten Homer, und richtig, da war er und seine Schwarte über Odysseus.

»Oben«, sagt die grauhaarige Frau an der Ausgabe trocken, als ich nach dem Standort in den Regalen frage. Ich steige die teppichbelegte Treppe hinauf.

Das geht bestens, und ein hübsches dunkelhaariges Mädchen bedient oben und gibt mir das Buch, mit so freundlichem Lächeln, daß ich verlegen werde. Ich gehe hinunter, lasse mir einen Stempel hinten ins Buch drücken, gehe dann über die Treppe hinaus; es ist kurz vor der Schließung, ich atme die kühle Dunkelheit ein. Graublasses Gras, und durch die hohen Fenster dringen Lichtstrahlen, die zuvor viele tausend Buchrücken beschienen haben. Es hatte einen schönen grünen Pullover an, dieses Mädchen ... Dann knöpfe ich den Mantel zu und schlendere an einem Laden vorbei, der nie geöffnet hat, und den schummrigen Weg hinauf, bis ich unversehens vor meinem Haus stehe. Ich fische den Schlüssel heraus und habe Mühe, ihn im blassen Schein des Halbmonds ins Schloß zu bekommen, hänge ihn dann neben der Tür an seinen gewohnten Nagel.

Das Buch noch unter dem Arm, brauche ich mir jetzt nur in Erinnerung zu rufen, wo ich im Sommer darin stehengeblieben war. Ich gieße mir einen starken Kaffee auf und kuschele mich in die mondgemusterte Wolldecke auf dem Wohnzimmersofa, stelle das Radio leise, dieses gute alte Röhrengerät mit seinem grünen Licht. Draußen hört man ein wenig die entlaubten Zweige. Der Giebel des Nachbarhauses schwarz, und kein Licht in den Fenstern. Kein rothaariges Mädchen sieht man dort durch die Gardinen spähen –

Nachdem ich einige Male im warmen Schein der Lampe aus der Kaffeetasse getrunken habe, verflüchtigt sich das Einsamkeitsgefühl weiter und weiter in den Abendhimmel, bis es als ferner Stern über den Baumkrüppeln blinkt. Dreiköpfige Wesen, die mit dem Herzen denken –

Ich versenke mich in das Epos. Das Exemplar ist angenehm alt und abgenutzt, die Schrifttypen altertümlich. Odysseus gerät in Verwicklungen mit dem

Zyklopen und seinen Schafen und ich finde, er überspannt den Bogen, wenn er das Auge wegbrennt. Aber vielleicht kann man verstehen, daß der alte Homer noch andere Blinde haben wollte außer sich selbst.
In diesem Moment höre ich jämmerliches Räuspern und Trippeln auf der Treppe. Ich strecke das Kinn vor, damit ich die Treppenöffnung sehen kann.
Eine Katze humpelt nach oben. Riesig, nach meiner Vorstellung geradezu unnatürlich groß, denn sie hat die Größe eines Labradorhundes. Sie hat irgendeine Halskrankheit, da sie sich unaufhörlich räuspert. Vielleicht hat sie einen Glassplitter verschluckt. Die Katze ist offenbar ziemlich bekümmert, und ihre Augen blicken böse. Sie zwängt sich durch den Türspalt, das Licht der Lampe fällt auf sie, und ich sehe, daß sie sich die Pfoten und das ganze Fell, das im übrigen gelb ist, mit Druckerschwärze beschmutzt hat.
Mit etwas zittrigen Händen nehme ich die Lesebrille ab, die mein Vorbewohner hier zurückgelassen hat.
»Guten Abend«, sage ich.
Es miaut ein bißchen in der Katze.
»Wie bist du hereingekommen?«
»Hrrmm. Hrrmm.«
»Was hast du gedruckt?« frage ich noch einmal, so höflich, wie ich nur kann. Die Katze faucht abweisend.

»Du bist ganz schön groß heute«, fahre ich fort. Da reicht es ihr, und sie springt mich an und faucht in unverhüllter Bosheit, so daß es mir nicht geheuer ist und ich zurückweiche und mich unter die Schrägwand ducke. Die Katze zwängt sich hinter mir aufs Sofa, aber es gelingt mir, die »Odyssee« in die Hand zu bekommen und ihr damit einen schweren Schlag auf den Kopf zu versetzen. Das ist die Sprache, die sie versteht, davon schwinden ihre Kräfte, und dann beginnt sie, ganz allmählich vor meinen Augen dahinzuschmelzen, wie ein Eisbrokken in der Wärme.

Ich bete leise »Schütze uns, Gott Vater« über ihr, bis sie die Größe einer Maus erreicht hat, dann bringe ich es nicht übers Herz weiterzubeten, nehme die Katze in die Hand und bringe sie in das Harmoniumzimmer. Hebe im Dunkeln den Deckel des Instruments hoch und lasse ihn wieder zufallen, lege vorher ein kaffeefleckiges Gesangbuch mit gesprungenem Einband neben die Katze, damit sie sich nicht wieder aufbläst und den Deckel aufsprengt.

»Laß den Grünen dir den Orgelbalg treten«, sage ich zum Abschied. Buxtehude starrt mich an, mit finsterer Miene.

Ich schließe die Tür hinter mir.

Ich habe ein wenig Herzklopfen, als ich ins Zimmer zurückgehe, aber das legt sich schnell, und ich fange da wieder an zu lesen, wo ich unterbrochen wurde. Im Radio erklingt jetzt Akkordeonmusik, ich spitze

die Ohren, nicke fröhlich und reise zugleich in der griechischen Landschaft.
Die Decke ist von der Mißhandlung durch die Katze zerrissen und zerfetzt. Von draußen hört man das Dröhnen der Lastwagen, die langsam vorbeifahren. Über meinem Dach hängt der Halbmond: »Der Mond baumelt an der Angel, hier und da singen Engel.«
Im unteren Stockwerk sind leise Schritte zu hören, unsichtbare Füße versinken in der Staubschicht. Ich decke mich besser zu.
Der Pullover war grün.

24 **Eines Sonntagmorgens** nehme ich bei kaltem, klarem Wetter das Rad und fahre die Straßen entlang auf Seltjarnarnes hinaus. Kaum einer ist unterwegs, der Himmel oben eisblau.
Auf der äußersten Landspitze ist es wunderbar menschenleer, der Teich gekräuselt, Strandroggen wiegt sich im Wind. Ich schließe das Rad ab und lehne es an einen Sandhaufen, wandere dann am Strand entlang über den Golfplatz. Zwei Männer mittleren Alters in roter Nylonkleidung stehen fröstelnd dort auf dem grauen Rasen herum.
Wellen plätschern gegen Steine. Und dort am Strand steht ein grüner Sessel, eine Spiralfeder schaut aus dem Sitz heraus. Ich drückte die Feder hinunter und

setze mich, lausche dem Meeresrauschen und dem ewigen Geschrei der Möven. Ich trage einen weiten Pelzmantel und habe ihn bis zum Hals zugeknöpft. Ziemlich unbequem, in ihm Rad zu fahren, die Zipfel wollen sich immer um die Pedalen wickeln.
Ich beginne, darüber nachzudenken, daß ich in diesem Sessel nicht in der Winterdunkelheit sitzen möchte, ohne eine gute Petroleumlampe und eine Mundharmonika bei mir zu haben.
Ich stehe auf, hüpfe von Stein zu Stein, am Betonbunker entlang. Dann bin ich am Sandstrand. Der Leuchtturm ist zu sehen. Jetzt ist Flut, und man kann nicht zu ihm hinwaten. Plötzlich erscheint vor mir ein Traum von einer Landspitze und einem Leuchtturm, einer anderen Landspitze, einem anderen Leuchtturm, am Fuße eines schwindelerregend steilen Schattenberges. In wachem Zustand bin ich nie an dieser Landspitze gewesen. Aber im Traum bin ich dort bei Nacht, stehe an einem grauen, mit Draht versehenen Steinhaus in der Nähe des Leuchtturms. Es herrscht schwere Brandung, ein schreckliches Tosen, und riesige Brecher schlagen an die Klippen. Der Leuchtturm ist völlig tot, kein Licht. Ich gehe auf ihn zu, aber unvermittelt sind mir Hufe gewachsen, mit Hufeisen, und bei jedem Schritt klingt das Metall am Stein. Der Leuchtturm ist ein runder giftgelber Turm. Ich glaube, den Kopf eines Kobolds mit Hörnern im obersten Fenster zu sehen, aber angst macht er mir nicht. Der Beton in den

gebogenen Mauern ist feucht von Gischt und Nebel und etwas erinnert mich an Irland; ich gehe weiter, bis ganz an das Ende der Landspitze, und starre hinab auf das Wellengetümmel, hypnotisiert. An meinen Schläfen sind Scheuklappen, die ich nicht abbekomme. Plötzlich schießt ein Blitz vom Leuchtturm hinter mir ins Dunkel hinaus, beleuchtet einen gewaltigen Wogengang. Dann legt sich der Sturm wie im Handumdrehen, ich höre Ruderklang aus dem Nebel. Ich stampfe vor Kälte mit den Hufen, und im selben Augenblick gleitet ein merkwürdiges Schiff aufs Land zu, wie eine übergroße Zuckerdose, an Bord vier Gestalten in dunkelroten Kutten. Das Boot legt in der Bucht an, die nun spiegelglatt ist, unter einem grauen Segel aus Pappe. Man bedeutet mir, an Bord zu kommen, und ich gehorche. Ein leiser Motor läuft an, das graue Haus und der Leuchtturm entfernen sich schnell, verwandeln sich in einen Pferdewagen und einen alten Traktor, aber der Berg reicht bis zum Himmel, wo die grünen Sterne leuchten. Ehe ich mich versehe, ist die Zuckerdose auf hoher See. Ein kleiner Wal springt in der Nähe empor, läßt sich immer wieder auf den Rücken fallen, er hat einen weißen Bauch. Die vier Kuttengestalten sind zusammengeschmolzen in eine riesengroße, ich sehe ihr unter die Kapuze und erschaudere. Das sind keine menschlichen Züge. Eine rote Boje kommt in rasender Fahrt auf das Schiff zu, ich schreie auf: »Sie wird das Boot versenken!«

Aber die Kuttengestalt murmelt einen bösen Zauberspruch, und die Boje verschwindet.
»Das war ein Rotwal«, sagt die Kuttengestalt, seine Stimme ist merkwürdig sanft, fast freundlich. Ich hätte nicht vermutet, daß ein Rotwal so aussieht, denke ich im Traum, aber in diesem Augenblick schraubt sich die Zuckerdose hinauf in die Nacht, nimmt Kurs auf einen grünen Stern. Ich beobachte, wie er näherkommt und größer wird, dort blüht ein kompliziertes System von Lebensformen. Die Kuttengestalt lüftet ihren Mantelsaum und verbirgt mich darunter. Dann landen wir, und die Hülle wird weggezogen. Dort sind ein blaues Sommerhaus und märchenhaft helle Berge, und vor dem Haus ein irdisches Motorrad. »Augenblick mal, alles ganz wie zu Hause!« rufe ich im Schlaf, wache aber dabei auf, dennoch höre ich aus der Ferne eine weiche Stimme und ein sanftes Schlagen des Segels an der Zuckerstange: »Du bist zu Hause.«
Ich lasse vom Strand aus Steine auf dem Wasser springen, als der Traum durch meine Seele wandert, aber ich schaffe nie mehrere auf einmal, das Meer ist zu unruhig.
»Hier wurde einmal ein 18 Meter langer Buckelwal angetrieben«, sagt jemand mit heiserer Stimme hinter mir. Ich schrecke zusammen und drehe mich mit einem Ruck um. Da steht ein alter Mann in knallroten Wasserstiefeln mit einem weißen Vollbart und Glupschaugen wie ein Fisch. Ich habe einmal von

einer Frau gehört, die nie Fisch aß, und ihre Augen wurden so: sie begannen sich auszudehen und aus dem Gesicht herauszuquellen.

»War er gerade gestorben?« stöhne ich auf und versuche, meine Überraschung zu verbergen. Die öde Bucht kam mir in den Sinn, der Tangbedeckte auf dem Sand.

»Nein, er war schon ziemlich verwest. Dann bildete sich Gas in ihm und er platzte. Es lagen Fetzen überall auf den Hügeln«, sagt er und zeigt hinter sich. Der Strandroggen wiegt sich in der Herbstkühle unter dem blauen Himmel wie zuvor.

»Ist kein Mensch in ihm gewesen?« frage ich halb anklagend.

»Kein Mensch, nein, aber das Vorderteil eines Rentiers.«

»Das ist aber merkwürdig.«

»Ach ja, findest du?«

»Hm«, sage ich.

Der Alte entblößt seine Zahnstummel zu einem freundlichen Grinsen, klopft mir mit seiner kraftlosen Pranke auf die Schulter und hinkt über den Sand davon. Schnell schwenkt er auf die Sandhügel hinauf, beugt sich dort nieder und hebt etwas auf, es ist eine Sichel, er geht auf die Knie und beginnt, den Strandhafer zu bearbeiten, schneidet ihn an der Wurzel ab. Ich bin drauf und dran, ihm zuzurufen, ob der Herbst für so etwas nicht zu weit fortgeschritten sei, halte mich aber zurück. Eigentlich halte ich nichts von Notizbüchern, aber nun kann ich mich nicht beherrschen, nehme das kleine schwarze, das ich aus einem Impuls heraus gekauft habe, aus der Jackentasche heraus und auch den alten Kugelschreiber, kritzele ein paar Zeilen auf die erste Seite:

Hier stehe ich, auf diesem
Stern, der grün ist im Sommer
wie ein Lehnstuhl, Pott-
wale haben schöne Zähne und
schnappen Rentiere auf Berg-
hängen, Leuchttürme sind gleich im
Schlaf wie im Wachsein, aber
verschwinden früher im
Traum. Ich muß unbedingt
heim

Ich ging mit langsamen Schritten den Kamm hinauf. Der Alte war nirgends mehr zu sehen, aber die Sichel lag neben einem mit Rauhreif bedeckten Bündel Strandroggen. Eine Sichel war dies eigentlich nicht, nur ein altes Sensenblatt, verrostet.
Aber kein tödliches ...
Ich hätte nie geglaubt, den Fahrradschlüssel in der Riesentasche des Moschusochsenfells zu finden. Ich hatte kalte Ohren bekommen.
Die rotgekleideten Männer spielen immer noch Golf in der Kälte.

Ein Rentiervorderteil, ein Rentiervorderteil, ein Rentiervorderteil, klang es mir in den Ohren, während ich zu dem Haus radelte, das sich über dem Katzenkeller erhob.
Die Esja zur Linken, blaßgrau.

25 **Tiefe Nacht** mitten in der Woche und ich träume noch, diesmal von einer Wagenladung kalifornischer Rosinen, als ich durch den Schlaf unten ein Klopfen höre. Einen Augenblick lang bleibe ich liegen und schaue verwirrt in die Luft. Bleiches Licht von den Straßenlaternen dringt durch die Gardinen. Dann ziehe ich den alten, großkarierten Morgenrock aus Wollstoff an, passend zum Mantel, und schwanke nach unten.
Zögernd und etwas ängstlich schließe ich auf, in sicherer Erwartung des Sumpfgespenstes aus seiner feuchten Kloake. Aber auf der Treppe steht eine junge Frau, blond, mit kurzem Haar, ihr Gesicht sehe ich nur undeutlich. Hinter ihr schwimmt der Mond über den Dächern. Die junge Frau lehnt sich in ihrem hellen Mantel an den Türpfosten.
»Hallo, Liebling«, sagt sie mit lallender Zunge.
»Gute Nacht«, murmele ich gleichgültig und schicke mich an, die Tür wieder zu schließen, aber sie schiebt ihren lackbeschuhten Fuß in den Türspalt und fährt lallend fort:

»Ich bin vom Mond dort hinuntergehüpft«, sagt sie und ruckt mit dem Kopf. »Und mitgebracht habe ich –« jetzt verstummt sie plötzlich und starrt unverwandt auf etwas hinter mir.
»Was denn?« sage ich hastig und mich beschleicht ein unbehagliches Gefühl.
»Wer wohnt da drin?« fragt sie, plötzlich ganz nüchtern.
»Wo?« ich sehe mich nicht um.
»Dort hinter der Glastür.«
»Da wohnt überhaupt niemand«, sage ich. »Die Wohnung steht leer.«
Die Augen des Mädchens verdunkeln sich aufs neue, sie nimmt eine silberne Taschenflasche und trinkt einen ordentlichen Schluck, bietet mir keinen an.
»Engelwurz ist gut«, sagt sie und stöhnt. »Tja, Süßer, eigentlich wollte ich einen Moment mit dir raufgehen.«
Ich öffne gerade den Mund, um ihr zu widersprechen, als sie die Tür aufstößt und vor mir die Treppe hinaufstürmt. Ich schlage die Tür zu. Sie steht oben in der Treppenöffnung und hebt sich mit ihrer hellen Kleidung in der Dunkelheit ab. Das trübe Licht der Straßenlaternen fällt durch das Küchenfenster und in den Flur, auf ihr Gesicht, und ich erkenne eine gerade, schmale Nase, einen schöngeformten Mund, freundliche Augen undefinierbarer Farbe.
»Wo war denn noch das Schlafzimmer?« fragt sie.

»Noch?«
»Deine Augen werden auch immer schlechter, mein Lieber.«
Ihre Stimme ist sanft.
»Offensichtlich«, sage ich mürrisch.
Sie geht zur Schlafzimmertür und wankt hindurch.
Sie fängt an, ihren Mantel auszuziehen. Dann kommt der Pullover, und dann eins nach dem anderen, bis sie nackt am Bett steht.
Ich stehe in der Tür und betrachte sie. Sie sieht gut aus.
»Hör mal, das ist ja ein hoffnungsloser Kittel, den du da anhast. Weg damit«, sagt sie lächelnd und wirft sich aufs Bett.
Ich tue, wie gesagt, lasse den Morgenrock auf den Boden fallen. Stelle keine Fragen mehr, wir umarmen uns schweigend auf dem Bett, im Dunkel, wie es unter der Erde herrscht.
Vergessen die Kalifornienrosinen, und andere Träume.

26 **Sie ist fort,** dieses Nachtmädchen, als ich am Morgen erwache. Ich habe einen schweren Kopf und im Zimmer riecht es nach Zigaretten. Ich steckte mir noch eine an, um den indischen Elefanten auf der Tagesdecke, die ausgebreitet auf dem Fußboden lag, die richtige Atmosphäre zu verschaffen.

Ich machte sorgfältig das Bett, strich den Elefanten einem nach dem anderen über den Rücken, zog alle Falten der Zudecke glatt. Als ich damit fertig war, ging ich ins Bad und putzte mir die Zähne und sah in den Spiegel und ging dann in die Küche und kochte einen starken Kaffee. Die Nacht ruhte dunkel und spannend auf meinen Gedanken, aber vor dem Fenster ein Grauschimmeltag im Oktober.

Ich schaltete das Radio im Wohnzimmer an. Ein Interview mit einem alten Naturforscher über die Ausbrüche der Katla.

Unten hörte ich ein Rascheln, das Huschen von Rattenhorden zwischen den Holzdielen? Auf einmal ergriff mich das heftige Verlangen, hinunterzugehen und in dieses Spuknest einzudringen. Bei Tageslicht war es völlig ungefährlich, ich trank einen Schluck aus der Kaffeetasse und stiefelte hinunter.

Ich angelte mir die museumsreifen Pantoffeln, die schlafend im Garderobenfach lagen, zog sie aber nicht an, sondern schlüpfte mit den Händen hinein und ging zur Tür. Ich hob die linke Hand und drückte sie an die Glasscheibe, stützte mich mit der rechten an die Wand. Preßte fester, bis das Glas knackend nachgab und nach innen auf den Boden fiel. Staub wirbelte auf. Ich steckte die beschuhte Hand hinein, gab acht, daß ich mich nicht an den Scherben verletzte, faßte die Klinke und öffnete.

Kaum war ich hineingekommen, hörte ich ein schweres Brummen aus der hinteren Ecke. Es weckte in mir die Vorstellung von einem unsichtbaren Elektrokraftwerk aus Glas. Überall im Staub waren Fußspuren zu sehen, von verdrehten riesengroßen Füßen, und ich war nahe daran, alles aufzugeben, faßte dann aber wieder Mut und stapfte in einer Staubwolke zur Küche.

Vergilbte Leinengardinen vor dem Fenster.

Das heftige Brummen kam vom Kühlschrank. Er lief unruhig, und das Gitter an der Rückseite vibrierte.

»Der Strom ist an!« murmelte ich und näherte mich zögernd diesem Kühlschrankmonstrum.

WESTINGHOUSE.

Ich wollte gerade den Griff anfassen und öffnen, da drang an meine Ohren ein merkwürdiges Niesen aus dem Inneren, wie wenn ein Pferd schnaubt, und ich überlegte es mir anders, zog mich langsam aus der Küche zurück und hastete dann den Flur entlang, schlüpfte durch die Wohnungstür und schlug sie zu. Sprang die Treppe hinauf, öffnete das Krokodilzimmer und nahm ein Brett aus dem Schrank dort, ohne das Kriechtier zu sehen oder ein Mäusepiepen zu hören, wankte mit diesem Brett hinunter und nagelte es vor das Türfenster, über das zerschlagene Glas. Ich hoffte, daß die Holzplatte alle Geräusche dämpfen und verhindern würde, daß man weiter barfuß mit verdrehten Zehen in den Vorraum spähen konnte ...

Oben im Wohnzimmer setzte ich mich aufs Sofa und schloß wieder die Augen; in meinem Inneren sah ich ein blaues Häuschen in der Sommernacht, und Kühe mit Schwimmbrillen wackeln um Wäschepfähle, während die Berge im Nachthemd des Nebels schlafen und die Blumen ihre bunten Köpfe hängen lassen. Nicht weit unten schwappt das Meer gegen die Klippen, voller Fabeltiere. Und im blauen Häuschen sitze ich an der Schreibmaschine, Bergschuhe an den Füßen, neben der Maschine liegt Papas Buch über die Zwergeidechsen aufgeschlagen auf dem Tisch. Auf der Herdplatte brodelt Thymianextrakt in einem Zinnkessel. Im Nachbarhaus schläft ein Pfarrer den Schlaf der Gerechten. Sein schneckenschwarzer Anzug liegt über der Stuhllehne.

27 **Noch ein Abend,** und jetzt herrscht dichter Schneefall draußen, schwarz der Himmel oben, keine Schreibmaschine hier zur Hand, sie blieb in der Wohnung des Polsterers zurück, ich muß mühsam mit der Hand schreiben, wenn ich etwas auf dem Herzen habe, aber so bin ich kaum in der Lage, Briefe zu schreiben, außerdem überfällt mich das Einsamkeitsgefühl so heftig, daß ich es kaum ertragen kann, ich setze mich an den alten Schreibtisch im Wohnzimmer, hülle mich in die mondgemusterte Decke und spitze den chinesischen Bleistift, aber nach kurzer Zeit stehe ich auf, die Decke um die Schultern gelegt, und schlurfe zum Fenster, sehe

traurig, wie die Schneeflocken auf die Stadt hinunterschweben, das Radio leise in meinem Rücken, ich sehe hinaus in den dunklen Weltraum, das Elektrizitätswerk summt in den unermeßlichen Weiten.
Es muß heute Abend Vollmond sein, aber wegen des Schneefalls ist nichts zu sehen, alles weiß schwarz weiß, wie eine gefallene Nonne. Hinter dem Schleier des Schnees zieht schweigend der Mond, sich an die erinnernd, die ihn mit Raumschiffen besuchten und mit offenem Mund auf die trockenen Meere starrten, sonnenhelle Kraterberge.
Ich greife nach der Cognacflasche, die auf dem Radio steht, knalle sie auf den Tisch, hole mir ein schmutziges Wasserglas, gieße mir einen tüchtigen Schluck ein und trinke. Stelle das Radio lauter, das beruhigende grüne Licht. Wieder die Stimme von Jón Múli, er plaudert über die Weltmeister, Charlie Parker, Thelonious Monk ... Das ruft die Erinnerung an mein unterirdisches Abenteuer wach, unter meiner alten Stadt, unter den Gräbern, im »Erdhaus«. Ich trinke das Glas aus und gieße nach, höre mit einem Ohr auf den Jazz, denke an das Klatschen der Wellen am Sumpfufer hinter dem Unterwelthaus und an das Quietschen der Bettfedern.
Nach geraumer Zeit bin ich bei der Hälfte der Flasche angekommen, habe den Kontakt zur Welt um mich herum verloren, falls ich ihn überhaupt jemals besaß. Langeweile überkommt mich, ich verdrehe die Augen und beginne zur Radiomusik zu grölen,

ich gröle und gröle, bis jemand mit dem Besenstiel an die Decke klopft. Einen Augenblick lang erstarre ich, dann erfaßt mich eine Art Leichtsinnsgefühl, ich kichere: »Ha, er ist noch immer beim Fegen und Fegen –«

Jetzt verschlucke ich mich.

Mir ist, als kröche eine schreckliche Pranke zu meinem Giebelfenster hinauf, risse das Antennenkabel zum Radio ab. Wie auch immer, plötzlich hört man jedenfalls nur noch Brummen, Brummen, Brummen. Ich merke, daß ich nicht länger verweilen darf, erhebe mich, greife die Cognacflasche, torkele die Treppe hinunter und ziehe den großen Pelzmantel an, setze die Rattenfellmütze auf; jetzt bin ich wie Napoleon in Rußland, damals im Winter. Ich schlage die Tür hinter mir zu, greife in die Tasche, aber da ist nur die Flasche, kein Schlüssel. Ich habe mich ausgeschlossen.

»Na, dann lebe wohl!« zische ich das Haus an, das in die Höhe ragt und zu verheimlichen sucht, wie alt und heruntergekommen es schon ist. In einem der Kellerfenster sitzt eine schläfrige Katze, in normaler Größe, sie hebt ihren Kopf mit den schartigen Ohren, als sie meiner gewahr wird, ich schwanke in ihre Richtung, aber sie macht einen Buckel und verschwindet ins Haus, ich lasse mich auf alle viere fallen und knurre durch das zerbrochene Fenster. Drinnen Stapel von vergilbtem, feuchtigkeitsdurchtränktem Papier und Druckplatten, ich kann das wegen der Dunkelheit schlecht erkennen, aber auf der Fensterbank liegt eine schwarze Druckplatte, ich angele sie mir und halte sie in den trüben Lichtschimmer von der Straße her. Es ist eine Art Bildergeschichte, aber ich kann all die Figuren nicht genau erkennen, die dort nach so langer Zeit an derselben Stelle in ihren Rahmen festgefroren sind, denn alles ist spiegelverkehrt. Doch soviel wird mir klar, daß es eine Eichhörnchengeschichte ist. Ich stecke die Platte in die Tasche und stehe auf, klopfe den Schnee vom Mantel, sehe hinauf in das Zwischengeschoß. Die Vorhänge noch immer zugezogen. Aber von dort muß die Klaue zu meinem Fenster gekommen sein.

»Allein durch die Nacht ich schweife«, summe ich und schwanke die Straße hinunter, erinnere mich dann an das Rad, es ist im Haus eingeschlossen, und ich beschließe, es im Flur vor der Tür des Staubgespenstes schlafen zu lassen.

Die Straße ist leer. Ich gehe auf ihre Mitte, und ehe ich mich versehe, finde ich mich in einem alten Holzschnitt von Snorri Arinbjörn wieder, habe sogar einen Holzgeschmack im Mund und bekomme einen furchtbaren Schrecken: könnte es sein, daß der Cognac mit Holzsprit versetzt war?

»Ich will nicht blind werden!« schreie ich heiser, daß es in den Hauswänden widerhallt, irgendwo öffnet man ein Fenster und ruft aufgebracht hinter mir her: »Geh schlafen, du Mammut!«

Davon wird mir besser, ich nehme wieder einen Schluck aus der Flasche.
Unten auf dem Lækjartorg folge ich dem Weg, dort ist alles still und leblos. Ich gehe vorwärts, weiter, bleibe auf der Túngata unter einem Baum mit nackten Zweigen stehen, der über den Bürgersteig herunterhängt. Weiter oben ist ein Spielplatz, und jetzt höre ich die Schaukel quietschen, lehne mich an den Gitterzaun. Ein kleines Mädchen schaukelt, und ein alter, gütiger Mann steht daneben und stößt sie an.
»Sieh mal, Opa, ein Braunbär!«
Der Großvater prustet in seinen Bart. »Haha, das ist ein Moschusochse.«
»Seht bloß zu, daß ihr nach Hause ins Bett kommt!« schreie ich ärgerlich über den Zaun.
»Wir schlafen nicht im Dunkeln. Wir leben darin«, sagt der Großvater gütig, und man hört es noch immer in ihm glucksen.
»Ich habe euch schon mal gesehen!« rufe ich.
Da ist es, als fiele ihnen plötzlich etwas ein.
Der Großvater kommt zum Zaun gehumpelt, greift sich mit der Rechten in den Bart, beugt sich zu mir herüber und flüstert mir freundlich ins Ohr: »Du würdest uns nicht sehen können, wenn alles mit rechten Dingen zuginge –«
»Was meinst du damit?«
Aber auf einmal ist er verschwunden. Und auch das Mädchen ist nirgendwo zu sehen.
In diesem Augenblick macht ein Lastwagen direkt

neben mir eine Vollbremsung. Es ist ein Mercedes 512, mit seiner kurzen, gewölbten Motorhaube sieht er ganz aus wie der Hund aus dem Feuerzeugmärchen.

Ich greife nach der Tür auf der Beifahrerseite und ziehe sie auf. Am Steuer sitzt ein Mann von schätzungsweise vierzig Jahren, unglaublich mager, aber mit schönen, warmen Augen. Auf seinen Wink schwinge ich mich hinauf.

Er stottert. Ich beginne sofort, ihn zu bemitleiden, ohne daß ich mich dagegen wehren kann, und biete ihm einen Schluck an, er bedankt sich, »Da-da-danke«, und sieht mich an, als erwarte er ein Lachen. Ich mache eine todernste Miene und bin stolz über meine Freundlichkeit und lasse den Schnee in der Wärme der Fahrzeugheizung in das Mantelfell hinein schmelzen.

Dann fahren wir los.

»I-ich mache nur eine kleine Runde«, sagt er zögernd. »Ma-anchmal kann i-ich schlecht einschlafen.«

»Fährst du dieses Auto tagsüber?«

»Ja.«

Auf der Windschutzscheibe sammelt sich Schnee, und die Scheibenwischer sind nicht in Ordnung, deswegen müssen wir ab und zu anhalten, damit der Fahrer mit dem knochigen Arm durchs Seitenfenster greifen und die Scheibe freiwischen kann. Ich habe für heute abend genug von Krallen auf Glas und tue so, als sähe ich dieses Herumhantieren nicht, leere die letzten Tropfen aus der Flasche, ganz erstaunlich, was ich im Augenblick vertragen kann, zwar winden sich die Straßen ein wenig komisch vor der grünen Motorhaube, aber trotzdem ...

Ehe ich mich versehe, sind wir unten am Hafen angekommen.

Der Schneefall wird immer dichter.

»Hier steige ich aus«, sage ich plötzlich.

Der Fahrer sieht mich an. In seinen Augen liegt eine gewisse Einsamkeit, als wollte er mich so lange wie möglich im Auto behalten, ich sehe ein ärmliches Zimmer vor mir, in dem er schläft, und seine alte Mutter wachend im Schaukelstuhl im blaugestrichenen Wohnzimmer daneben, lasse aber keine Sentimentalität in mir hochkommen und öffne die Tür, verabschiede mich von ihm mit Handschlag. Er hat eiskalte Finger.

»Gu-gute Reise«, sagt er.

»Rei-reise?« sage ich verwundert, merke es zu spät, es war mir so herausgerutscht, ich wollte ihn nicht nachmachen.

»Reise?«

Aber er hat sich schon in sein Schneckenhaus zurückgezogen und antwortet nicht.

Ich bleibe im Schnee zurück und betrachte, wie die Reifenspuren in die Stadt hinauf wieder länger werden, wende mich dann um, und wieder bin ich in einem Holzschnitt von Snorri Arinbjörn gelandet.

»Wer zum Teufel ist das eigentlich?« murmele ich. Schiffe liegen träge am Kai, graue Schiffe, schwarze Schiffe, die Masten schneiden sich aus dem Schneehimmel, doch eins ist merkwürdig: es sind alles Segelschiffe, ohne Ausnahme. Die Segel sind gräulich und hängen schlaff herunter.

28 **Die Flasche** in der Tasche ist leer, und ich gehe auf die Anlegebrücke hinaus und starre schlotternd in die See hinab. Hier gibt es keinen Seehund, den man hinausstoßen könnte. Ich stelle schnell fest, daß auf diesen Schiffen kein Schnee haften bleibt, obwohl es den ganzen Abend geschneit hat, sind sie dunkel.

»Ahoi!« ruft jemand vom Schiff her, das am weitesten von mir entfernt liegt, am Brückenkopf. Es ist die größte der Schuten, und Laternen hängen am Mast und beleuchten die grauschimmligen Segel. Ich schwanke auf das Rufen zu. Der Landungssteg ist ausgelegt, und ich hangele mich an Bord. An der Reling steht eine Kuttengestalt, wie im Traum. Dieses Wesen ist genauso angsteinflößend riesenhaft wie das, welches mir da erschienen war, und die Stimme ebenso freundlich:

»Willkommen an Bord.«

Ich nuschele einen Dank und starre stumpf auf den Landungssteg, der hinter mir eingezogen wird, und auf die Haltetrossen, die von Männern in Windjacken losgemacht werden. Irgend etwas streicht an mir vorbei. Es ist der Schiffshund, ein Tier in Übergröße, aber harmlos wie ein Schaf anzusehen, ich streichele ihm freundlich über den Kopf, da spüre ich, daß er kleine Hörner hat –

»Laßt uns lossegeln!« sagt der Kuttenriese mit sanfter Stimme.

Ich stehe an der Reling und beobachte, wie sich die weiße Stadt in der Dunkelheit entfernt, wir segeln durch den Sund hinaus, das Schiff ist merkwürdig schnell, ich hatte immer gedacht, daß Segel bei Windstille nicht vom Fleck kämen, aber dann höre ich ein leises Dröhnen oder Wummern, wie in einem Elektrizitätswerk.

»Das sind die Maschinen«, raunt mir das Kuttenwesen ins Ohr.

»Sie hatten also damals Motoren«, flüstere ich. »Zaubernacht. Schwarz wie die Zaubernacht –«

Der Schneesturm läßt bald nach, es klart auf, einzelne Sterne leuchten weit über unseren Köpfen am Firmament auf, der Schiffshund beginnt leise und wohlerzogen zu jaulen, ich starre auf die blassen Sterne direkt über mir, lausche zugleich dem Klatschen der Wellen am Steven. Die Segel schlagen. Ich habe noch nie etwas von der Takelage dieser alten Schiffe verstanden.

»Ich bin müde«, sage ich zur Kuttengestalt, die jetzt in ihrer ganzen Länge am Ruder steht und unter

ihrer herabgezogenen Kapuze aufs Meer hinausblickt. Die Laternen pendeln und werfen flüchtige Lichtspiele aufs Deck.
Das Meer ist noch immer spiegelblank.
»Geh hinunter«, sagt die Gestalt. »In meine Kajüte.«
Ich öffne die Luke, schlüpfe durch sie hinab, ertaste mit den Füßen eine Strickleiter. Rufe der Kuttengestalt eine gute Nacht zu, bevor ich hinter mir die Falltür wieder herunterlasse.
»Gute Nacht« wird vom Ruder her geantwortet, und die Laternen schicken einen dunkelgelben Strahl auf die karminrote Kutte.
Ich denke an die Stadt, die schon aus den Blicken geschwunden war, als ich hinunterging, murmele: »Wir schlafen am besten in den Betonkästen ...«
Unten gehe ich auf einem schmalen, schlechtbeleuchteten Gang, sehe eine schwere Holztür an seinem Ende. Ich öffne sie, da ist die Kajüte. Ich höre das Meer an die gewölbten Planken plätschern. Hier im Inneren ist es warm und hell, und auf dem gewaltigen Eichentisch eine moderne Elektrolampe, eine Koje an der einen Wand, der Fußboden mit Teppich ausgelegt. Ich war ein wenig vor der Tür stehengeblieben, sie erinnerte mich an die Falltür im Flur des Seemanns, des Nachbarn des seligen Polsterers. Auch hier ein Ring zum Aufziehen; sie öffnete sich nach außen zu mir hin.
Die Elektrolampe hebt sich heraus mit dem gleißen-

den Licht, das von ihr ausgeht. Ich werfe den schweren Mantel ab, lege ihn über die Lehne eines altertümlichen Stuhls und setze mich dann an den großen Tisch. Über dem Tisch ist ein Bullauge in der Wand, ich sehe tief in das Dunkel des Meeres hinein. Unter dem Schiff plantschen die Ungeheuer.
Dann höre ich eine Art Knirschen aus der Schlafkoje und zucke zusammen, erhebe mich, gehe eilends hinüber und ziehe die himmelblauen Vorhänge zur Seite. Die Koje ist voll weißen Zuckers. Mitten auf dem Haufen liegt der große Schiffshund zusammengerollt in tiefem Schlaf, er hat sich irgendwie vor mir hereingeschlichen, es sind diese komischen Hörner auf seinem Kopf, die meinen Blick gefesselt halten, er hat auch einen enorm langen Hals und erinnert ziemlich an eine Nacktschnecke mit Beinen.
Weit, weit hinter uns der Mastenwald am Kai, nun gibt es zwei Bäume weniger in diesem Wald.
Ich ziehe die himmelblauen Vorhänge wieder vor die Koje und gehe zum Tisch, setze mich wieder. Ich wage es nicht, mich neben dieses Lebewesen zu legen. Es fällt mir immer schwer, einem großen Hund zu trauen, wenn es darauf ankommt, als Junge in einer Kleinstadt am Fuße eines Rhyolithfelsens mußte ich einmal im Sommer mit einem geistesgestörten schottischen Hirtenhund umgehen. Dieser Hund hatte lange in Ketten gelegen, und mir war gesagt worden, er hätte eine alte Frau gefressen, als sie ihm ein Schmalzgebäck geben wollte. Natür-

lich habe ich das nicht geglaubt, aber obwohl man den Hund nun versuchsweise freigelassen hatte, war er geschädigt, der Ärmste, und versuchte mich mit Schmeichellauten aus dem Gesichtskreis der Stadt zu locken, und dann begann er zu knurren und nach mir zu schnappen. Und hatte dennoch keine Hörner.
Ich nehme ein Blatt und einen Füller, der daneben liegt. Allerdings mag ich diese altmodischen Füllhalter nicht besonders, denn ich bin Linkshänder und verschmiere immer alles mit der Handkante.
Jetzt hört man kein Wellengeplätscher mehr, mein Blick fällt durch das Bullauge, die Sterne sind merkwürdig nah, und es scheint, als ob sie mit rasender Geschwindigkeit heranflögen. Hinter mir höre ich, daß der Hund aufgewacht ist und angefangen hat, am Schiffszucker zu kauen.
Ich nehme die Flasche aus der Tasche des Moschusochsenmantels und stelle sie auf den Tisch. Ich werde sie für den Brief gut gebrauchen können.
Ich halte mich wach für den Fall, daß der Hund heranschleicht und mich mit den Hörnern stoßen will. Jetzt steht ein Stern in der Mitte des Bullauges, grün oder blau, blaugrün oder grünblau, genau kann ich es nicht sehen, aber er kommt näher, näher. Das heftige Summen schwillt an.
»Gott wohnt in einem Glaskäfig«, murmele ich. »Einem Glaskäfig zwischen den Gestirnen.« Ich bin nicht länger einsam, es ist, als kämen aus den unermeßlichen Weiten außerhalb des Holzschiffes viele

freundliche Stimmen zu mir, beruhigende, gute. »Es kommt alles in Ordnung, alles wird gut, du kommst voran ... Es wird –«
Ich fange an, den Brief zu schreiben, diesen Brief, den ich schon längst hätte schreiben sollen. Die Flasche wartet leer, der Hund schmatzt. Die Lampe brennt, wie ein Leuchtturm.

29

»Lieber alter Papa. Endlich soll es etwas werden, ich mache mich daran, Dir zu schreiben, nach so langer Zeit. Hinter mir ist ein Hund, der ein Stück Kandiszucker lutscht, vor mir ein Bullauge mit einem kleinen Stern in der Mitte. Ich glaube, ich bin auf dem Weg zu dem Haus, dessen Schlüssel Du mir einmal vor langer Zeit geliehen hast, und ich verwahrte ihn in einer Wollsocke, die Oma gestrickt hatte.
Dort traf ich den Pfarrer und die alte Frau, die in der Nähe der Fischmehlfabrik und des hellbraunen Baches wohnte, Du weißt schon. Dort gehen die Kühe genau wie früher zum Tanz, und die gesegneten Seekühe, sie kommen herauf mit tangumwundenen Hörnern. Dagegen haben die Rentiere zuckerüberzogene Geweihe und jagen tagsüber Motorräder, doch an Spätsommerabenden stehen sie allein im Regen am Lavastrand und lauschen dem Mundharmonikaspiel von den Booten her.

Aber ich pflege in Badewannen einzuschlafen, und so kam es, daß ich beim Polsterer in unserer alten Stadt landete, man hatte aber das Seil abgenommen oder besser: hochgezogen, aber ich kann Dir sagen, manche haben Vogelköpfe, andere nicht einmal Pferdeköpfe. Du erinnerst Dich, wo Du auch gelandet sein magst, wie der Friedhof in dieser Stadt ist, außerdem sah ich ein so schönes Fenster im Flur des Bronco-Seemanns, neben dem Seilhaus, wie heißt er noch gleich, Papa, sein Papa ist ein Strauß mit traurigen Augen, ach, mein alter Papa, ich bin froh, daß Du nicht so kurze Flügel hast, und Deine Federn so schneeweiß sind im Deckbett und im Kissen.
Nun habe ich nichts mehr, verloren sind Schreibmaschine, Motorrad und der Koffer, den Du mir einmal auf den Färöern gekauft hast.
Der Pelzmantel hängt über der Stuhllehne, Knarren in Rah und Takelage über mir, ein Troll in einer Kutte steuert den Kurs, nirgends singt ein Spatz, doch Papa, Papa, ich habe eine Maus beim Hydranten gerettet, und vielleicht brauche ich deswegen nicht so viel Angst vor dem Sterben zu haben, es sei denn, die Katzen haben allein das Sagen auf der anderen Seite, auf der anderen Seite, sage ich, ich bin jetzt ganz unsicher, auf welcher Seite ich bin, wahrscheinlich auf beiden, aber manchmal habe ich das Gefühl, in Ohnmacht zu fallen –
Ich habe das Buch über Nessie nicht wiederbekommen, das ich geklaut hatte, aber ich bin in Reykja-

vik auf eine »Odyssee« gestoßen, hoffentlich ist das nicht sein Schiff, denn dann komme ich nie ans Ziel, und Papa, ich bleibe dabei, daß er mit diesem Einäugigen zu weit gegangen ist, da mußt Du mir zustimmen, mein Papa, Du siehst doch so traurig aus mit dieser dicken Brille.

Aber das Ziel, ich weiß kaum, was es ist, das blaue Haus und die Mole darunter und die Boote, die mit ihren Wunderfischen, die es nur im Traum gibt, angesegelt kommen, auf die falsche Seite gewendete Seeteufel und Rotkreuzfische, aber das Tal ist warm und nach innen zu grasbedeckt, Bodennebel über den Mooren, aber alle Gespenster in der Sommerfrische, ach, der Seeteufelgeist, ich glaube, er wird allmählich zu alt für Streiche, Gespenster werden nicht viel älter als 200 Jahre, aber ich bin 175 Jahre jünger als er und habe deswegen noch eine Menge vor mir; und die gesegneten hellen Berge, weiß und violett, wie schaffen sie es, über der Siedlung zu hängen, Generation auf Generation von Menschen und Gespenstern, aber im Sommer ist der Nebel ihnen ein Sonnenschutz. Ich fand im Sommer bei einem Ödhof, am Fuß des dunklen Berges, eine Stelle mit Klappertopfblumen, aber ich ließ sie in Frieden wachsen, pflückte sie nicht, lauschte statt dessen dem Wasserfall, der in der nahen Schlucht sein uraltes Lied rauschte.

Nie sah ich ein Krokodil Harmonium auf dem Dachboden spielen, und es war auch nicht im

Schrank, ich brauchte ein Regal darin, es war völlig leer, ich sah nur eine Katze, die ganz klein wurde wie eine Maus: mein Gott – Papa, und Buxtehude schwermütig an der Orgel, als dächte er, niemand könnte mich leiden …

Papa, ich habe eine Eichhörnchengeschichte auf einer Druckplatte hier im Mantel, den man abwechselnd einem Moschusochsen, Mammut oder Waldbären zuschreibt, ich bekomme die Platte aber nicht in die Flasche mit dem Brief, aber ich weiß, daß Du Freude daran hättest, sie zu sehen, es gibt so vieles, an das man sich erinnern kann, viele frohe Stunden, und doch beginne ich mich wieder einsam zu fühlen, da war jemand, der mit verdrehten Füßen im Erdgeschoß in der Bergstaðastræti herumschlich, aber wir kamen nie in Kontakt, es war etwas Unreines in seinem Kühlschrank, da kam das Schrankfach gerade recht, ach, und dann waren da diese Mädchen, die immer verschwunden waren, bevor man sich versah, eine wurde alt, eine andere ließ eine verwunschene Hummel zurück, die dritte – ich weiß nicht, ob sie es ist, die hier oben am Steuer steht und sich so sehr verändert hat, aber jetzt ist der Hund aus der Koje gesprungen und zu mir zum Tisch gekommen, hat mir seinen Kopf auf den rechten Arm gelegt, ein Glück, daß ich Linkshänder bin, aber lieber alter Papa, Brillengespenst, nun schaut das blaue Haus schon durchs Bullauge, wir segeln in den stillen Fjord, die strahlende Sonne ist herausgekommen, hier gibt es keinen Schnee, hier kann man Löwenzahnmilch trinken, ich muß die Lampe löschen, ich höre eine Harmonika, muß aufhören zu schreiben und den Brief in die Flasche stecken, ehe wir an der alten Steinmole anlegen, die Flasche über Bord werfen, ich hoffe, daß sie Dich irgendwann erreicht; ja und jetzt weiß ich es, jetzt weiß ich, was ich schon lange geahnt habe, ich bin

DEIN WIEDERGÄNGERSOHN

Anmerkungen

Kap. 11: »Klein Tritill« – isländische Märchenfigur.

Kap. 14: »Peter der Große« – gemeint ist der Roman von Aleksej N. Tolstoj (1883–1945).

Kap. 15: »Finster ists auf Dunkelgründen« – Zitat aus einem Gedicht von Davíð Stefánsson aus der Sammlung »Schwarze Federn« (1919). Es handelt sich um eine Gespenster-Ballade aus dem Fischermilieu.

Kap. 15: »Brennet, ihr Feuer« – Zitat aus dem Teil XII des Festgedichts »Auf Thingvellir« von Davíð Stefánsson, erschienen 1933.

Kap. 18: Den üblen Wikinger Thorolf bægifot schildert eine mittelalterliche Saga (»Die Geschichte vom Goden Snorri«) als einen unheimlichen Wiedergänger, der nach seinem Tode im ganzen Tal Schrecken verbreitet.

Kap. 20: »Wenn die Kraniche ziehen«, Spielfilm von Michail Kalatosow (1957), eine traurige Liebesgeschichte von Veronika und Boris, der 1941 in den Krieg geht und fällt.

Kap. 22: »Die Mühle des Weißgehörnten« (»Baltaragio malúnas«), Roman des litauischen Schriftstellers Kazys Boruta (1905–1965).

Kap. 27: »Allein bei Nacht ich schweife« – zweite Zeile aus dem Gedicht »Über kalten Wüstensand« von Kristján Jónsson (1842–1869).

Die Junge Reihe im Suhrkamp Verlag:
Eine Auswahl

William Bell
Trip nach Thunder Bay
Roman. 162 Seiten
Aus dem Englischen von
Petra Schiener

Eine spannende, ergreifende Vater-Sohn-Geschichte. Als Steve Chandler, genannt Wick, seinen Vater, Jahre nach der Scheidung seiner Eltern, sucht und findet, ist er zunächst enttäuscht: Sein Vater ist für ihn nur noch ein Schatten der Erinnerung an einst. Erst als Wick die neue Freundin seines Vaters kennenlernt, beginnt er ihn zu verstehen und seine Schwächen zu akzeptieren. Und diese neu gewonnene Freundschaft dauert auch an, als er das Geheimnis des Vaters entdeckt, das damals zur Trennung der Familie geführt hat. Er begreift, daß Freundschaft zu tun hat mit der Bereitschaft, das andere zu akzeptieren.

Carmen Martín Gaite
Rotkäppchen in Manhattan
Roman. 176 Seiten
Aus dem Spanischen
von Anne Sorg-Schumacher

Geträumt hat Sarah Allen schon immer davon, nach Manhattan zu kommen, wo das Abenteuer lockt. Am Tag nach ihrem zehnten Geburtstag packt sie die erste Gelegenheit beim Schopf und entwischt mit der U-Bahn nach Manhattan. Dort aber begegnet Sarah der geheimnisvollen Miss Lunatic mit ihrem Stadtstreicherinnenwägelchen und ihrer unglaublichen Geschichte. Was Sarah Allen an diesem einen Tag in Manhattan alles erlebt, übersteigt ihre kühnsten Phantasien.

Gyrðir Eliasson
Das Schlafrad

Auf einer alten Suzuki, mit Koffer und Schreibmaschine bepackt, reist ein junger Mann durch das Land der Geysire, auf der Suche nach dem verstorbenen Vater, auf der Suche auch nach der eigenen Identität. An einem kleinen blauen Sommerhaus angekommen, bestätigt sich »eine Art Vorgefühl, daß innen ein Schattenleben den Schlafraum erfüllt«. Dieses »Schattenleben« ist äußerst lebendig: Zwischen Tag- und Nachtträumen entwirft der Erzähler ein halb phantastisches, halb reales Bild von Island. In mythischen Zwischen- und Unterwelten begegnen ihm Gnome, Elfen, Meerjungfrauen, geheimnisvolle Kuttengestalten, Schiffshunde, Pferdeköpfe und »Seekühe mit tangumwundenen Hörnern«. Sie verweben sich mit Bildern von Fjorden, Wiesen und Rentieren, die an Spätsommerabenden mit »zuckerüberzogenen Geweihen am Lavastrand« stehen und verhallenden Mundharmonikaklängen nachlauschen. Dabei inspirieren isländische Märchen und Gespensterballaden ebenso wie Homers *»Odyssee«*.
Neben ungemein poetischen Bildern gibt es auch komische Begebenheiten, veranlaßt etwa durch mythische Ungeheuer, die ihren Schrecken verlieren und nur noch sonderbar, aber nicht gefährlich wirken. Ein gespenstisch wiehernder Pferdekopf wird kurzerhand in den Kühlschrank gesteckt und ist damit bezwungen, Verzauberung und Entzauberung gehen Hand in Hand.
Das Ende des Romans bildet ein lange schon geplanter Brief an den Vater, der endgültige Abschied, der zugleich ein Anfang ist: »Ich glaube, ich bin auf dem Weg zu dem Haus, dessen Schlüssel du mir einmal vor langer Zeit geliehen hast.«

Gyrðir Eliasson, geboren 1961, ist in erster Linie Lyriker. »Das Schlafrad«, seine sechste Publikation, ist sein Romandebut.

Die Junge Reihe im Suhrkamp Verlag:
Eine Auswahl

Charles Johnson
Die Überfahrt
Roman. 256 Seiten
Aus dem Amerikanischen
von Martin Hielscher

Ein freigelassener Sklave flüchtet im Jahre 1830 in New Orleans auf ein Sklavenschiff. Rutherford Calhoun ist wach und gebildet, ein kleiner Ganove, der sich treulos und beeindruckbar zwischen alle Stühle setzt. Er segelt also nach Afrika – und wieder zurück mit einer Fracht Sklaven. Da kommt es auf hoher See zum Aufstand der Schwarzen ...

Gustav Rathe
Der Untergang der Bark Stefano
Roman. 192 Seiten
Aus dem Englischen
von Herbert Genzmer

Eine authentische Robinsonade: 1875 erleidet ein Schiff vor der Westküste Australiens Schiffbruch. Zehn Mann können sich retten und stranden an einer unwirtlichen und unbewohnten Küste. Die beiden letzten jugendlichen Überlebenden werden von Aborigines gefunden und gerettet: Sie finden viele Freunde unter ihnen und lernen, ihre Vorurteile gegenüber den Ureinwohnern Australiens zu überwinden.

Galsan Tschinag
Zwanzig und ein Tag
Roman. 272 Seiten

Nach langer Zeit der Abwesenheit kehrt der deutsch schreibende Schriftsteller Galsan Tschinag in seine mongolische Heimat zurück. Zwanzig und einen Tag wird er bleiben: Er erzählt von Tauf- und Todesfeiern, läßt den Leser teilnehmen an Murmeltierjagden und an den heiligen Zeremonien des Gebens und Nehmens in den Jurten.